- 이 책의 저작권은 미니책방이 소유하고 있습니다. 저작권법에 의하여 보호받는 저작물이므로 무단전재와 무단복제를 금합니다. 책 내용의 전부 또는 일부를 이용하려면 미니책방의 서면 동의를 받아야 합니다.
- 잘못된 책은 구입하신 서점에서 바꿔드립니다.

방정환 장편문학

1318 청소년문고 32

미니책방

흥미진진한 모험담, 어린이 탐정소설

이국적인 풍경과 긴박감, 흥미진진한 모험담을 담고 있는 어린이 탐정소설 <칠칠단의 비밀>, <동생을 차즈려>는 독립사건 이후 침체된 사회 분위기 속에서 청소년들에게 애국심과 용기를 불어넣어 준 작품이다.

<방정환 장편문학>은 1318 청소년문고 32번째 작품입니다.

차례

칠칠단의 비밀, 7

동생을 차즈려, 92

칠칠단의 비밀

곡마단의 오뉘 꽃

여러 가지 꽃들이 만발해서, 온 장안 사람이 꽃에 취할 때였습니다. 서울 명동 진고개 어귀에는 며칠 전에 새로 온 곡마단의 재주가 서울 왔다 간 곡마단 중에 제일 재미있고 제일 신기하다 하여, 동물원 구경 보다 더 많은 사람이 낮과 밤으로 그칠 새 없이 들이밀려서 들어가지 못하고 도록 돌아가는 이가 더 많을 지경이었습니다.

이 곡마단의 주인은 일본 사람 내외이고, 재주 부리는 사람도 모두 일본 사람인데, 그 중에는 중국사람 내외가 한패 끼어 있을 뿐이고……, 이 곡마단이 일본과 중국으로 돌아다니면서 돈벌이를 하다가, 조선에 와서 재주를 부리기는 이번이 처음이므로, 서울 있는 사람들에게는 참말로 신기하고 재미있는 재주가 더 많이 있었습니다.

어여쁜 여자가 해골로 변하여 춤을 추는 것도 재미있었고, 조그만 원숭이와 커다란 사자가 재주를 부리는 것들도 모두 처음 보는 재미있는 것이고, 중국 여자가 접시 돌리는 것이며, 그 남편이 웃통을 벗고 누워서 가슴 위에 큰 돌을 올려놓고, 그 위에 큰 사람 일곱 사람을 올려 세우고도, 그리고도 발끝으로 재주를 부리는 것도 참말로 신통한 구경이었습니다.

그러나 그 사자보다도 중국 사람보다도 더 구경꾼의 마음을 끄는것은, 말등 위에서 재주를 부리는 열대여섯 살의 소년 한 사람과 가느다란 철줄 위에서 무도(無蹈)를 하는 열서너 살의 어여쁜 소녀였습니다.

얼굴 곱고 몸 가벼운 소년이 시뻘건 불 속으로 뛰어 들어가는 말 등 위에서 가지가지의 아슬아슬한 재주를 피우는 것이며, 어여쁘고 귀여운 소녀가 눈에 보이지도 않는 높다란 철줄에서 우산을 펴 들고 여러 가지 서양 춤을 추는 것은 참말로 구경꾼의 가슴을 졸이는 재주여서, 보는 사람마다 손에 땀을 흘리면서 아슬아슬해 하였습니다.

그러나 맨 나중에 그 한 남매라고 하여도 좋음직한 소년과 소녀가 함께 나와서 까마득하게 높이 매달린 두 개의 그네 위에 올라가서 원숭이 같이 재주를 부리다가 공중을 후루룩 날아서, 이 그네 저 그네로 옮겨 뛰는 재주그거야말로 수천 명 구경꾼의 가슴을 떨게 하는 귀신같은 재주였습니다. 까딱 잘못하면 그 높은 그네에서 내리 떨어져 즉사하고야 말 터인데, 그 높은 곳에서 그네를 놓고 공중으로 후루룩 날 때. 부인네와 어린 사람은 차마 보지 못하여, "악!악!" 부르짖으며, 얼굴을 숙이고 손으로 눈을 가리었습니다. 그러나 실수 없이 약삭빠르게 저편 그네에 옮겨 매달려서 새로운 재주를 피울 때, 구경꾼들은 미친 사람들 같이 기뻐 날뛰면서, "으아!" 소리와 손뼉 소리를 퍼부었습니다.

어여쁜 오뉘 같은 소년과 소녀의 재주! 소문은 가는 곳마다 퍼져서 아침부터 저녁때까지 구경꾼들은 밀물같이 몰려오는 것이었습니다.

슬픈 신세

하루에도 몇 천 명 손님에게 칭찬을 받고, 모든 사람에게 귀여움을 받고 떠받들리는 나이 어린 소년과 소녀. 손뼉 소리 속에서만 춤추는 소년과 소녀. 가는 곳마다 몇 만 명 시민이 자기네의 재주를 바라보고 모여들건만은……. 그들의 마음은 더할 수 없이 슬펐습니다.

소년은 열여섯 살이었습니다. 소녀는 열네 살이었습니다. 그러나 두 사람에게는 부모도 없고, 친척도 없고, 고향도 없고, 아무것도 없었습니다. 아버지는 누구였고 어머니는 누구였었는지……, 자기의 고향은 어디였었는지, 그런 것은 도무지 알지 못하고 어릴 때부터 곡마단의 단장 내외를 아저씨 아주머니하고 부르면서 하루에도 몇 번씩 피가 흐르게 두들겨 맞으면서 여러 가지 재주를 배워 온 신세였습니다.

남들이 하는 말같이 소년과 소녀는 친남매 친동생인지……, 어디서 뿔뿔이 얻어다가 남매같이 길리우는 몸인지…… 그것도 분명히 알지 못하는 가여운 신세였습니다.

친오뉘가 아니라도 좋다! 이 넓은 세상에 부모도 형제도 없는 몸이니, 우리 두 사람끼리나 친오빠같이 친누이같이 믿고 지내자고 밤마다 울면서 밤마다 맹세하면서 지낼 뿐이었습니다.

부모도 없고 고향조차 없으니 두 아이는 아무 데를 가도 반가운 곳이 없었습니다. 조선에 오거나 중국에를 가거나 아무 데 가서 아무런 사람을 보아도 두 아이는 혼자서 마음이 슬플 뿐이었습니다.

재주가 끝나고 옷을 갈아입고 음악대 뒤에 숨어 앉아서 흩어져 나가는 구경꾼을 볼 때 자기 같은 어린 소년 소녀가 할아버지 아버지 어머니의 손목을 잡고 재미있게 이야기하며 돌아가는 것을 볼 때마다 그들은 돌아서서 울지 않은 때가 없었습니다.

이상한 노인

조선의 봄, 더구나 서울의 봄은 아름다웠습니다. 밖남산(外南山) 망원리의 복사꽃, 장충단의 개나리, 서강(西江) 건너와 청량리의 수양버들. 보는 곳마다 좋다고 곡마단 사람들은 틈마다 떼를 지어 돌아다니건마는, 이 곡마단의 왕이라 하여도 좋을 두 아이는 오늘도 아침밥을 먹고 곡마단 빈 자리에 심심히 앉아 있었습니다.

단장 내외는 여관에 있고, 다른 사람들은 꽃구경 나가고, 중국 사람 내외와 심부름꾼 조선 사람 두 사람이 거적 위에 누워서 낮잠을 자고 있을 뿐, 오정 때가 되어야 모든 사람이 돌아오고 구경꾼도 몰려오기 시작할 판이었습니다.

빈 집 마당에 낮잠 자는 강아지같이 쓸쓸하게 심심하게 나른하게 너댓 사람이 있을 때, 이상한 조선 노인 한 분이 곡마단 포막 안으로 찾아들어 왔습니다.

머리는 반이나 희끗희끗하고 옷은 맵시 추레하고, 신발이라고는 다 찢어진 고무신을 이리 꿰매고 저리 꿰매서 간신히 발에 걸려 있었습니다. 그가 어슬어슬 들어오는 것을 보고 심부름하는 조선 사람이, "아직 구경 없어요. 이따가 점심 잡숫고 오시오, 이따가 와요."하고, 일렀습니다. 그러나 노인은 그 말은 들은 체도 안 하고 물끄러미 보고 있는 두 의남매에게로 왔습니다.

"이 애야. 너희가 조선 아이 아니냐?"

"너희를 보고 할 말이 있어서 찾아왔다."

"내 말을 못 알아듣겠니?" 하고, 여러 가지로 물었으나 소년과 소녀는 처음 온 나라이라 조선말을 한마디도 알 까닭이 없었습니다. 무슨 말인지 몰라 눈만 깜박깜박하다가, 소년이 언뜻 심부름꾼을 불러서 노인의 말을 일본말을 통역하여 달라 하였습니다. 그리하여 노인과 소년은 이야기를 시작하였습니다.

"네가 혹시 조선 사람이 아니냐?"

"모르겠습니다. 어려서부터 부모도 모르고 고향도 모르고 곡마단에서만 자랐으니까요. 나라도 모릅니다."

어쩐지 슬픔을 머금은 대답을 듣고 노인의 눈은 이상스럽게 빛났습니다.

"오오, 그럼 분명하다, 분명히 너희가 조선 사람이다. 네 나이가 금년에 몇 살이냐? 열여섯 살이냐, 열일곱 살이냐?"

"저는 열여섯 살입니다."

노인은 펄쩍 뛸 듯이 신통해 하면서, "옳지. 열여섯 살, 그럼 정말 분명하다! 네가 분명히 상호다. 상호야."

노인은 어찌할 줄을 몰라 하면서 다시, "그럼 저 애는 금년에 열네 살 아니냐?"

"네. 열네 살이올시다."

"오오, 옳다, 옳다. 순자다, 순자야. 너희 남매를 한꺼번에 만날 줄을 몰랐다!" 하면서, 노인의 눈에는 벌써 눈물이 고였습니다.

"예, 오뉘예요? 저희 둘이 친오뉘입니까? 노인께서는 누구십니까?"

소년과 소녀의 피는 일시에 끓어올랐습니다. 평생의 소원이 지금 이루게 되는 것 같았습니다. 불길이 내쏟는 듯한 눈으로 노인의 얼굴을 쏘아보았습니다.

"오냐. 이야기하마. 너희는 내 누이의 아들이요, 딸이다. 나는 너희 외삼촌이다. 그런데 네가 네 살 되고 저 애가 두 살 될 적에 너희 부모가 서울서 너희 남매를 잃어버렸단다. 그때 나는 시골 살았었으므로 편지로 그 소식을 듣고 곧 서울로 올라와서, 너희 부모와 같이 너희를 찾느라고 애를 썼으나 어디 찾을 수가 있디…… 영영 찾지 못하고 그만 너희 어머니는 심화병이 나서 이내 돌아가시고, 너희 아버지는 홧김에……"

말이 채 끝나기도 전에 때마침 단장 내외가 말채찍을 들고 들어오다가 이꼴을 보더니, 무슨 큰 변이나 난 것처럼 내외가 다 얼굴빛이 변하였습니다.

"누구야, 나가. 나가."

소리를 지르면서 노인의 등을 밀어 포막 밖으로 내어 쫓고는, 다시 들어 오자마자 채찍으로 말 갈기듯 소년을 후려갈겼습니다.

"요놈의 자식아! 왜 여기 와 있어?"

가늘고 길다란 채찍은 독사뱀같이 소년의 몸을 휘휘 감았다 놓았습니다. 그리고 채찍이 닿았던 곳마다 다리고 손끝이고 모두 피가 맺히고 퉁퉁하게 부어올랐습니다.

소녀는 단장 마누라의 손에 머리채를 휘어 잡혀서, 그가 휘젓는 대로 이리 쓰러지고 저리 구르고 하면서 아픔을 못 참아 소리쳐 울었습니다.

그 날로 단장의 명령이 내려 곡마단은 문을 닫아 버리고, 포막집을 헐어헤치기 시작하였습니다. 경성에서도 앞으로 열흘이나 더 할 예정이건만, 웬일인지 불시에 문을 닫고 부랴부랴 짐을 만들어서 한시라도 속히 경성을 떠나 중국으로 간다는 명령이었습니다.

새로운 걱정과 설움

자기 몸이 어느 나라 사람인지 그것도 모르고 자란 신세 불쌍한 곡마단의 소년과 소녀! 열여섯 살 되고 열네 살 되는 이 봄에 조선에 왔다가 이상한 조선 노인을 만나, "너희가 조선 사람이라."는 것과 "너희 두 사람이 친오라비 친누이라."는 말과 부모의 소식을 듣게 되자, 원수의 곡마단 임자 내외에게 들키어 다시는 만날 수도 없게 헤어지게 된 것을 생각하면 우리 두 사람의 팔자는 왜 이다지도 불행한가 하여 생각할수록 가슴을 얼음으로 저리는 것 같았습니다.

어떻게도 몹시 얼어맞았는지 소년의 몸에는 뱀이나 구렁이가 칭칭 감긴 것 같이 채찍 자국이 빨갛게 부어올랐고, 소녀는 휘어잡혀 휘둘린 머리가 칼로 저며 놓은 것 같이 아프고 온몸에 꼬집혀 뜯긴 자리가 시퍼렇게 멍이 들었습니다. 그러나 아무리 아무리 아파도 관계치 않으니 다시 한 번 떠나기 전에 그 외삼촌이라는 노인을 잠깐만이라도 만났으면! 하는 것이 그들의 소원이었습니다.

'아아, 자기의 근본을 알고 본국을 찾고 부모를 찾고…… 그것이 우리들 평생의 소원이 아니었는가! 오늘 죽는다 하여도 한탄이 없으니 내 부모 내 본국을 알게 된 것이 꿈에도 잊지 못하는 소원이 아니었는가! 그런데 이제 조선에 와서 뜻밖에 외삼촌을 만나 부모의 소식을 듣다가 못 듣다니……. 아아, 이렇게까지 악착한 팔자이면 차라리 죽여나 주소서, 죽여나 주소서…….'

입 속으로 부르짖으며 원망스러이 허공을 쳐다볼 때에, 그들의 눈에서는 뜨거운 눈물이 샘물같이 흘러 내렸습니다.

그 노인의 말이 정말이라 하면 분명히 자기들은 조선 사람이오, 친오라비요 친누이요, 이름은 상호와 순자요, 그리고 어머니는 자기네 남매를 찾지 못하여 화병으로 돌아가신 것이 사실일 것입니다.

'그러나 아버지는? 아버지는 어찌 되셨을까? 돌아가셨을까? 살아 계실까?'

노인의 말씀은 마침, "너희 아버지는……." 하다가 그치고 말았으니, 노인을 다시 만나기 전에는 아무래도 아는 수가 없었습니다.

'노인을 만나야 되겠다! 노인을 만나야 되겠다!'

마음속으로 부르짖으나, 그러나 당장은 내일 아침으로라도 이곳을 떠난다고 부랴부랴 포막 집을 허물어서 짐을 싸는 중이니, 무슨 수로 이 넓은 경성 천지에서 그 외삼촌이라는 노인을 밤사이에 만날 수가 있겠습니까…….

해는 벌써 어두워 가는데, 이 밤만 지내면 내일 아침에는 처음 보는 본 고향을 또 떠나서 정처 없이 끌려갈 생각을 하니 가슴이 바위에 눌리는 것 같이 점점 무거워질 뿐이었습니다.

"대체, 조선 노인과 이야기 좀 하기로서니, 단장이 무슨 일로 그다지 싫어할까……."

"글쎄 말이요. 무슨 큰 변이나 난 것처럼 야단이니 이상한 일이예요."

소년과 소녀는 가늘고 힘없는 소리로 이렇게 수군거렸습니다.

"그래요. 그까짓 일로 열흘이나 더 할 돈벌이도 중지하고, 오늘로 포막을 헐어서 짐을 싸는 것을 보면 반드시 무슨 큰 까닭이 있는 것이 분명해……."

소녀는 근심스런 소리로, "무슨 까닭일까요?" 하고 물었습니다.

"글쎄, 무슨 까닭인지 그건 몰라도 어쨌든지 우리 두 사람과 조선 사람과 만나기만 하면 큰일이 생길 일이 있는 것은 분명하지 않으냐? 그러니까 우리들의 몸이 이 곡마단에 끼어 있는 것이 위험한 일일 것 같이 생각되는구나……."

"글쎄요. 점점 마음이 무시무시해져요."

어쩐지 자기들 어린 몸이 무서운 무서운 비밀을 가진 흉악한 놈들의 손에 쥐여 끌려 다니는 것 같아서, 새로운 불안스런 마음이 아버지 그리는 설움과 함께 그들의 가슴에 가득 찼습니다. 그리고 지옥 속에 빠진 것같이 무서운 어두운 밤이 차츰차츰 그 집과 그 마음을 덮어 갔습니다.

어두운 밤에

자기가 조선 사람이라니 자기 고향이 경성이라니 어두운 밤에라도 경성 시가를 나가 보고도 싶었습니다. 할 수만 있으면 몰래 나가서, 아무 집에나 조선집이면 뛰어 들어가서 살려 달라 하고 실컷 울어보고도 싶었습니다. 아아 그러나, 그러나 이 밤만 자면 경성도 영 이별인데 원수의 밤은 점점 깊어만 갔습니다.

조선말도 모르는 어린 두 몸이 조선에 떨어져서 죽든지 살든지……. 이 밤에 도망이라도 해나갈까 하였으나. 순자는 단장의 마누라 방에 갇혀 자고 여관 대문 옆방에서는 단장의 부하가 독수리 같은 눈으로 지키고 있으니 아무렇게도 할 수가 없었습니다. 하는 수 없이 전등을 가리고 상호는 자리에 누웠습니다. 눈을 감고 바른 팔목으로 눈 위를 덮었습니다. 그러나 잠은 오지 않고 가슴 속은 방망이질을 치듯 펄떡펄떡 뛰었습니다.

날만 밝으면 경성도 마지막이요, 부모의 소식도 영영 모르게 되는 판이니, 어쩐들 편안한 잠이 들 수 있었겠습니까. 시계 소리가 들릴수록 밤이 깊어 갈수록 눈은 점점 더 샛별 같아지고, 가슴은 더욱 더욱 뛰었습니다.

밤! 깊은 밤! 개도 자고 한길도 자고 전등까지 지붕까지 잠자는 깊디 깊은 밤! 세상은 무덤 속같이 고요한데, 여관 집 뒤꼍 변소 옆 오동나무 밑에 무언지 가끔 가끔 꾸물꾸물 움직이는 것이었습니다.

날이 흐렸는지 별 하나 보이지 않는 캄캄한 밤, 우중충한 어둠 속에서 이따금 꾸물거리는 이상한 그림자! 그것은 이 밤에 담을 뛰어 도망하려고 몸을 빠져 나온 용소년(勇少年) 상호였습니다.

지금에라도 누군가 쫓아 나오는 듯 나오는 듯하여서 상호의 몸은 바르르 떨리건마는, 웬일인지 담을 얼른 넘어가지도 않고 꾸물꾸물하고만 섰습니다.

"이 애가 왜 입때 안 나오나? 잠이 들었을 리가 없는데……."

상호는 혼자서 중얼거렸습니다.

"들키기 전에 얼른 나와야 할 터인데……." 하도 무섭고 갑갑하여 상호는 또 중얼거렸습니다. 그때 부지직부지직 여관 마루에 사람의 발소리가 들렸습니다. 상호는 움칫하여 변소 벽에 바싹 붙어 섰습니다.

'누구일까? 순자인가? 딴 놈인가?'

눈치를 채이려 고개를 내어 밀고는 싶고 내어 밀면 들킬까 겁도 나고 상호의 가슴은 폭포물처럼 용솟음쳤습니다. 발소리는 순자인지 누구인지 변소 쪽으로 자꾸 가까이 왔습니다. 누굴까 누굴까 상호의 가슴은 점점 더 뛰었습니다.

어둠 속이라 자세히 보이지는 않으나 변소로 오는 사람은 변소에는 들어가지 않고 변소 옆을 쑥 내다보았습니다. 옳다, 순자다!하고 상호는 얼굴을 쑥 내어 밀었습니다.

'여기다! 여기 있다!'

소리가 목구멍까지 나왔습니다. 그러나 언뜻! 상호는 꿀꺽 참았습니다. 순자인지? 누구인지? 그는 다시 태연히 변소로 들어가 버렸습니다.

"아니구나! 딴 사람이구나!"

상호는 잠깐 마음을 놓았으나, 그러나 여기 있다가 그 사람에게 들키면 어쩌나 싶어서 가슴이 다시 두근두근 하였습니다. 이렇게 가슴이 두근거리는 소리가 널빤지 하나 격해 있는 변소 안에 들리면 어쩌나 싶어서 상호는 발발 떨었습니다. 그러나 그는 소변을 보았는지 대변을 보았는지 변소에서 나왔습니다.

'이놈아!' 하고, 와락 달려들 것 같아서 상호는 전신을 움찔하였으나, 그 사람은 거기 상호가 있는 것은 꿈에도 모르고 태연히 걸어서 방으로 들어갔습니다.

"휴우!"

상호는 새로 살아난 듯이 숨을 들여 쉬었습니다. 다시 한동안 고요하였습니다. 변소에 나왔다가 들어간 사람도 지금쯤은 다시 고단한 꿈이 깊이 들었을 때였습니다.

'이 애가 어째 안 나오나?'

상호의 가슴은 조 비비듯 하였습니다. 다시 한동안 고요한 어둠 속에서 가늘게 가늘게 사뿐사뿐 몰래 기어 나오는 듯싶은 발소리가 들렸습니다.

'인제 나오는구나!' 하고, 상호는 미리 옷가슴을 여미고 허리띠를 졸라매고 옷소매를 걷고 가뜬히 차리고 기다렸습니다. 그러나 가슴은 여전히 두방망이질을 쳤습니다. 숨이 저절로 헐떡

거렸습니다.

'무사히 무사히 저 담을 넘어가야 할 터인데…….'

사뿐사뿐 발소리가 가까워왔습니다. 그는 자리옷을 입은 채로 기어나오는 모양이었습니다. 변소 옆까지 나왔습니다.

"여기다! 여기다! 이리 오너라."

상호가 속살거렸습니다. 그 소리를 듣고 그는 마루에서 사뿐 내려서, 상호에게로 다가왔습니다. 상호의 가슴은 어찌 뛰는지 가슴이 터질 것 같았습니다.

"자, 어서 가자!"

상호는 와락 달려들어 그 손을 잡았습니다. 그러나 상호는 그 손을 잡자마자 깜짝 놀라, "악!" 미친 사람처럼 소리쳤습니다.

도망! 도망!

깊은 밤 도망을 해 나가려고, 뒷간 뒤에 숨어 서서 순자의 나오기를 기다리던 상호가 그때 몰래 기어 나온 것이 그인 줄 알고 달려들어 보니 큰일 났습니다. 천만 천만 뜻밖에 그는 순자가 아니고 단장의 마누라였습니다.

깜짝 놀란 상호 소년이 저절로, "악!" 하고, 소리칠 때 벌써 그 계집은 놓치지 아니하려고 독사같이 상호의 팔과 몸에 휘감았습니다. 그리고 안쪽을 향하여 잡았다는 소리를 지르려 하였습니다.

"큰일 났다!"

생각한 상호는 앞뒷일을 헤아려 볼 사이도 없이 급히 바른손으로 계집의 입을 틀어막으면서 목을 졸라 껴안았습니다. 나이는 어려도 몸 굴린 몸이라 여자 한 사람쯤은 우스웠습니다. 그 무서운 독사 같은 계집도 상호의 손에 걸리어 숨이 막히고 목이 졸리어 죽을 둥 살 둥 끼룩끼룩하면서 두 다리를 버둥버둥할 때, 그때에 안마루가 쿵쾅거리면서 시커먼 큰 사람이 또 뛰어 나왔습니다.

"이러다간 안 되겠다!!"

생각한 상호는, "엥!" 하고, 소리치면서 계집의 몸을 와락 밀어서 쫓아 나오는 놈에게로 던지니, 나오던 놈은 별안간에 계집의 몸을 받아 안고 쓰러지고, 그 틈에 번뜻 상호는 그네에서 건너뛰는 곡마단 솜씨로 제비같이 날려서 휘딱 뒷담을 뛰어넘었습니다. 쫓아 나오다가 쓰러진 단장이 마누라의 몸을 잡아 일으켜 놓고 뒷담을 넘어서 한길로 나가 휘휘 찾을 때는 벌써 상호는 어디로 갔는지 그림자도 없었습니다.

여관 안은 벌컥 뒤집혔습니다. 단장의 명령으로 부하들은 졸린 눈을 비비면서 옷들을 입고 나섰습니다. 단장 내외는 순자를 두들기면서, "어디로 도망갈 약속이었느냐." 고, 그것을 대라고 조련질을 하고, 여러 명의 부하는 이 골목 저 골목을 분담해 맡아 가지고, 일제히 상호를 잡으러 나섰습니다.

거리에서 울면서

한길도 잠자고 순포막 순사도 코를 고는 깊은 밤, 캄캄한 밤새로 두시. 홀로 도망해 나왔으나 어디라고 향할 곳이 없는 상호는 어디로 가서 어떻게 숨어야 할지 가슴만 울렁거리고 눈앞이 잘 보이지 않았습니다.

　뒤에서는 지금 곧 잡으려고 쫓아오는 듯 오는 듯하고 갈 곳은 없고, 발 빠른 걸음으로 뒤를 돌아다보고 돌아다보고 하면서, 명동으로 빠져서 구리개를 건너고 종로 큰길을 지나 북쪽으로 뚫린 길까지 오니까, 마음이 조금 놓이고 울렁거리는 가슴이 진정되는 대신에 서러워서 울고 싶은 생각이 자꾸 났습니다.

　잡히지 아니하려고 남쪽에서 북쪽을 향하여 길도 모르는 조선 사람 동네를 찾아 건너오기는 왔으나 내 몸이 조선 사람이라고 알아줄 사람이 누구며, 오늘 밤 한 밤이라도 내 몸을 재워줄 사람이 누구랴 싶어서, 골목 모퉁이에서마다 망설거릴 때 하염없는 눈물만 비 오듯이 흘렀습니다. 길이야 많지만 갈 곳이 없고 집이야 많지만 잘 곳이 없어서 상호는 눈물을 씻으면서 오던 길을 도로 돌아설 밖에 수가 없었습니다.

　밤은 세시나 되었을까, 이제는 술주정꾼 하나도 보이지 않는 죽은 길을 걸어서 상호는 종로 큰길로 나왔습니다. 하는 수 없으니 탑골공원에라도 가서 돌멩이 위에서라도 이 밤을 지내려는 불쌍하고도 가여운 생각이었습니다.

　그러나 밤이 몹시도 깊은지라 공원의 창살문도 꼭꼭 잠겨 있었습니다. 여기서나 잘까 하고 믿고 온 몸이, '여기도 잠겼구나……' 하고, 돌아설 때 신세 불쌍한 상호는 그냥 소리쳐 울고 싶었습니다. 음흉한 단장 놈이 벌써 수색 청원을 하여 놓았겠으니 경찰서로 갈 수도 없고, 아무데나 여관으로 가자하니 문 열린 곳이 한 곳도 없고, 에잇! 할 수 없다.

길거리에서 그냥 밤을 새울 수밖에 없다고 결심을 하니, 이제는 잘 걱정은 없어졌으나 순자의 고생될 염려가 생각이 나서 또 가슴을 괴롭게 하였습니다. 같이 도망하려고 새벽 두 시에 변소 옆으로 나오마고 약속한 순자가 그때 나오지 못하고 단장의 마누라가 나온 것을 보면, 순자가 나오려다가 들켜서 붙잡힌 것이 분명하였고 내가 이렇게 혼자 도망해 나와 놓았으니, 그놈의 마귀 같은 연놈이 온갖 분풀이를 어린 순자에게만 하겠구나…….

더군다나 나를 잡으려고 내가 도망간 곳을 알아내려고, 무지스럽게 두들기겠구나 싶어서 자기가 맞은 것처럼 소름이 쪽쪽 끼쳤습니다. 가뜩이나 꼬집혀서 전신에 퍼렇게 멍이 든 순자가 못 견디어 소리쳐 면서 매 맞는 모양이 눈물 고인 눈에 자꾸 보였습니다.

"오오, 오늘 밤만 참아라, 어떻게든지 내일은 구해 내마!"

상호는 혼자 중얼거리고 이를 악물었습니다.

뜻밖에 뜻밖에

거리에서 헤매인 눈물의 하룻밤이 어느덧 밝아서 새벽이 되었습니다. 설움과 불안에 떨면서 거리에서 밤을 새인 상호는 그때야 탑골공원 뒤 조선여관을 찾아 들어갔습니다. 여관이라고 들어는 갔으나, 별루 쉬지도 못하고 세수를 속히 마치고 조반상을 받으니 혀도 깔깔하거니와 마음이 조용치 못하여 도저히 먹을 수가 없었습니다.

세 술도 못 뜨고 밥상을 도로 내보내고 방문을 꼭꼭 닫고 상호는 거울 앞에 앉더니 얼굴을 변장하기 시작하였습니다.

눈 가장자리에는 푸른 칠을 하고, 코 밑에 조그만 수염을 붙이고(이러한 일은 곡마단에서 날마다 하는 짓이서, 아주 졸업생이었습니다) 모자를 눌러쓰고, 다시 여관문을 나설 때는, 여관 하인이 보고도 아까 처음 들어오던 손님인 줄 알지 못하였습니다.

상호는 여관에서 나오는 길로 곧 상점을 찾아가서 뿔테 안경을 아무 것이나 손에 집히는 대로 사서 쓰고 또 지팡이 하나를 사서 짚었습니다. 이제는 아무가 보아도 얼른 보고는 상호인줄 알 수 없게 되었습니다. 그래 가지고는 대담스럽게도 구리개 네거리 명치정의 포막집 터 근처로 갔습니다. 포막 집은 물론 다 헐어서 짐짝으로 묶어 놓았으니, 저놈들이 오늘 아침에 서울을 떠나고 안 떠나는 것은 여기서 짐짝을 가져가고 안 가져가는 것을 보면 알리라 생각한 까닭이요, 또 한 가지는 혹시 저들이 떠날 때에 순자를 데리고 이곳을 들러 가기도 쉽거니, 하는 까닭이었습니다.

아직 8시도 전이건마는 포막집 헐은 터에는 곡마단 밑의 측, 여러 사람이 꾸물꾸물 묶다가 남은 짐을 묶고 있는 모양이 오늘 곧 떠나는 것 같기도 하고 어떻게 보면 그리 바쁘지 않은 것도 같았습니다.

상호는 그것들이 모두 아는 사람들이라, 저것은 누구, 저것은 누구, 속으로 부르면서, '저 사람들도 나를 보고 알지 못할 것이다.' 하고 그 근처로 어슬어슬 돌아다니면서 순자가 그곳에 나타나기를 기다리고 있었습니다. 거기서 서성거린 지 한 시간쯤이나 지났을까? 너무 지리하여 입맛만 쩝쩝다시면서 왔다 갔다 하고 있을 때, 그때 언뜻 상호는 발을 멈추고 허리를 굽히고 눈을 노려 포막집 터 저편 골목 구석을 쏘아보았습니다.

'오오! 그 노인이다. 그 노인이다!'

입 속으로 부르짖으면서 상호는 급히 골목을 돌아 그리로 갔습니다. 옷은 깨끗지 못하여도 인자하고 다정해 보이는 조선 노인! 오오, 분명히 꿈에라도 만나고저 하던 외삼촌 그 노인이었습니다.

반가운 김에 와락 달려들어 노인의 팔을 붙잡고 모자를 벗고 인사를 하였으나 조선말을 하지 못하는 갑갑한 설움! 아무 말 없이 얼굴만 쳐다볼 때에 눈물만 두 눈에 핑 고였습니다.

노인은 상호와 순자를 다시 한 번 잠깐이라도 만나려고 여기까지 오기는 왔으나, 그놈의 주인 놈에게 들키지 않으려고 이 구석에 숨어 서서 기다리는 판에 누구인지 팔을 붙잡으므로 깜짝 놀라 가슴이 성큼하였습니다. 그러나 그가 상호인 줄은 모르고 누구인지를 몰라 겁만 내었으나, 그의 두 눈에 눈물이 고이는 것을 보고 겁나던 것만은 안심이 되었습니다. 그래 노인은 함께 데리고 온 열대여섯 살 되어 보이는 학생 한 사람을 불러서 사이에 세웠습니다. 그 학생은 노인이 통역시키려고 데리고 온 노인의 동네집의 학생이었습니다.

"당신이 누구요?"

"제가 상호올시다. 수염은 일부러 붙인 것입니다. 저놈들을 속이려고요."

"오오, 그럼 여기 섰지 말고 다른 곳으로 가서 이야기하자! 순자는 어디있니?"

"아녀요. 멀리 가면 안 됩니다. 순자가 혹시 이 근처에 올런지 모르니 까요. 여기서 이렇게 숨어 서서 이야기를 하지요." 하고, 상호는 어저께 들켜서 매 맞은 이야기와 여관방에 갇히게 된 것과 주인 단장이 열흘이나 더 할 돈벌이를 중지하고 오늘 중국으로 가려고 저렇게 짐을 싼 이야기와 어젯밤에 둘이 도망하려다가 들켜서, 저 혼자만 간신히 도망해 나온 이야기를 모조리 하였습니다.

노인은 눈물이 글썽글썽하여,

"아, 그럼 순자를 구할 일이 급하구나! 인제 순자만 구해 내 오면 그만 아니냐? 여기서 기다리고만 있을 것이 아니라, 여관으로라도 가서 속히 구해 내올 도리를 생각하자."

"글쎄요, 아무리 생각해도 별 꾀가 없습니다. 하도 엄중히 지키고 있으니까요."

암만 이야기해도 좋은 의견은 나오지 않고 가슴만 무엇에 쫓기는 것 같이 두근거렸습니다.

"그럴 것 없이 다른 사람이 손님처럼 꾸미고 우선 그 여관에 들어가서 방을 하나 잡고 있으면서 순자의 동정을 살펴보게 하면 어떻겠느냐? 그러다가 여차하면 얼른 업고 도망해 나오게."

이런 말씀을 할 때, 상호는 별안간에 노인의 팔을 꽉 붙잡고, "쉬!" 하고, 말을 막았습니다. 그리고는 큰일이나 난 듯이, "저기,

저기!" 하고, 가는 소리로 속살거리면서 포막 터 건너 한길을 가리켰습니다. 노인과 학생도 그곳을 바라보고 눈이 둥그레졌습니다.

힘으로보다 꾀로

명동 어귀 곡마단 포막집 헌 터의 뒷모퉁이에서 변복한 상호와 외삼촌과 통역 학생 세 사람이 순자를 구하러 가려는 의논을 하고 섰다가 상호의, "쉿!" 하는 소리에 말을 그치고, "저기, 저기!" 하는 곳을 바라본즉, 과연 거기에 순자가 지옥에 갔었던 듯싶은 순자가 걸어오는 중이었습니다. 그러나 혼자서 걸어오는 것이 아니고, 그 무서운 마귀 같은 단장과 독사 같은 마누라와 그리고 그 부하들과 함께 가운데 서서 걸어오는 것이었습니다.

아아, 그 파리하고 생기 없는 얼굴, 물에 젖은 솜같이 축 늘어진 두 어깨, 죽지 못해 끌려오는 걸음걸이, 얼마나 두들겨 맞았으면 저렇게 되었을까 싶어서 벌써 상호의 가슴은 뻐개지는 것 같았습니다.

'어떻게 해야, 저놈들의 손에서 순자를 구해 내 올까?'

아픈 가슴이 새삼스레 뛰놀기 시작하는데, 그들 일행은 어느덧 곡마단 터까지 이르렀습니다. 거기서 짐을 묶고 있던 놈들이 일일이 단장에게 인사를 하고는, 다시 부지런히 묶고 있고, 단장은 묶어놓은 짐의 수효를 헤이고 있었습니다.

"이놈들아, 얼른 묶어야 오늘 밤차에 늦지 않지……."

다 헤이고 나서, 단장은 호령했습니다.

"염려 마셔요. 짐은 시간 안에 넉넉히 다 묶어 놓을 테니요. 달아난 놈을 찾기나 했나요?"

"고놈의 새끼 어디를 갔는지 영영 알 수 없는걸. 그래도 경찰의 손에는 저녁 안으로 잡히겠지……."

"찾지 못하면 그냥 내버려두고 가나요?"

"어떻게든지 찾아 가지고 가야지. 고놈이 없으면 당장에 못하게 될 것이 많으니까."

그놈 그놈 하고 찾지 못해 하는 말은, 지금 여기 변복하고 섰는 상호를 가리켜 하는 말이었습니다. 이야기 눈치로 보면, 분명히 오늘 밤차로 중국으로 갈 모양인데, 상호를 찾지 못해서 안타깝게 구는 모양이었습니다.

"아저씨, 저놈들이 오늘 밤차로 중국으로 갈 모양입니다."

"으응, 오늘 밤차로? 그럼 어서 순자를 놓치지 말고 구해 내야지."

"글쎄올시다. 어떻게든지 오늘 저녁 안으로 빼앗아 와야 할 텐데요."

몸이 달 듯하여 손에 땀을 흘리면서, 상호와 외삼촌은 안타까워하나, 그러나 순자가 지금 자기들 눈앞에 섰건마는 구하기는커녕 인사도 못하고 있지 않습니까!

아아, 저편은 수십 명이나 되는 떼를 가졌는데, 이 편이라고는 말도 못 통하는 육십 노인 한 분과 십육 세의 상호 한 사람뿐이니, 너무도 나무도 야속한 대적이었습니다.

"암만해도 힘으로는 당할 수 없으니까 꾀로 구해야 한다. 꾀로 해야지 별수가 없다."

 상호는 급히 수첩을 꺼내서 종이 한 장을 떼어 연필로 무언지 급급히 써서 꼭꼭 조그맣게 접더니 외삼촌이 데리고 온 통역 학생 기호의 귀에 대고 소근소근 하였습니다.

자전거로 충돌

 점심때가 가까워서 곡마단 터의 짐 묶기가 대강 끝나는 것을 보고, 단장 내외의 일행은 순자를 데린 채로 산보하듯 진고개로 걸어갔습니다. 몹시 번화하나 좁다랗기 짝이 없는 길로 가면서 일행들은 서울 구경도 오늘이 마지막인 것을 섭섭해 하는 듯이 이쪽 가게 저쪽 상점을 번갈아 보며 지껄이면서 걷기 싫은 걸음을 걷듯 하였습니다. 그러나 그 중에도 순자만은 고개를 숙인 채로 땅만 내려다보면서 힘없는 걸음을 한 걸음 한 걸음 옮겨 놓을 뿐이었습니다.

 오빠는 지금 어디로 가서 어떻게 있는지 다시 만나지도 못하고 나 혼자 이밤에 중국으로 끌려가면 어떻게 하나 생각할 때에는 그만 길가에서라도 소리쳐 울고 싶도록 마음이 서러워서 울음을 억지로 참아도 걸음마다 눈물이 쏟아져 흘렀습니다.

 그때였습니다. 일행이 명동 네거리를 지날 때, 돌연히 뒤에서 자전거 한대가 따르릉 따르릉 방울을 울리면서 오므로 일행은 이리저리 비켜섰습니다. 얼른 좌우 옆으로 비켜 가운데 길을 틔어 주었건마는, 자전거 탄 어린 학생은 자전거를 처음 타는 사람처럼 이리 비틀 저리 비틀 하더니, 일행 중 한 사람과 맞부딪치고 쓰러졌습니다.

자전거에 부딪혀 쓰러진 사람은 순자였습니다. 자전거 탄 채 쓰러졌던 학생은 냉큼 일어나서 일본말로 '스미마셍 도모 스미마셍' 하면서, 쓰러진 순자를 붙들어 일으키고, 모자를 벗어 들고 자꾸 미안한 절을 하였습니다.

앞에 가던 단장이 우뚝 서서, "이놈아, 왜 탈 줄도 모르는 자전거를 타고, 남을 다친단 말이냐! 이 나쁜 놈아!" 하고, 따질 듯이 달려들었습니다. 학생은 두어 번 머리를 굽실굽실 숙이고는 제비같이 얼른 자전거에 올라앉아서, 아까와는 딴판으로 총알 같이 달아 났습니다.

'흥, 저렇게 잘 타는 놈이 왜 사람을 치었어……'

일행들은 닭 쫓던 개 모양으로 이렇게 중얼거리면서 한참이나 섰었습니다. 쓰러졌다가 일어난 순자의 손에는 조그만 종이 쪽지가 쥐어 있었습니다. 아까 자전거 타고 와서, 일부러 순자를 치어 쓰러뜨린 학생이, 순자의 손을 잡아 일으킬 때에 그 손에 쥐어 주고 간 것입니다.

'무얼까?' 하는 궁금한 생각으로 순자의 가슴은 이상하게 두근거렸습니다. '혹시 오빠에게서……' 하고 생각할 때, 순자는 더 참을 수 없어서 위험한 것을 무릅쓰고 걸어가면서 넌지시 그 접고 또 접은 종이를 펴 보았습니다. 펴 보니, 연필로 횈횈 갈겨쓴 글씨…….

순자야, 오늘 저녁 안으로 어떻게든지 틈을 타 나와서

중학동 354번지로 찾아오너라. 거기서 온종일 기다리마.
거기는 외삼촌이 계신 집이다. 상호.

분명히 오빠의 글씨다! 오빠의 글씨다! 오! 오빠는 무사히 있는 것이 분명하다.

그리고 단 혼자 외롭게 있는 것이 아니고 오빠를 위하여 도와주는 사람이 많이 있나 보다. 그러니 아까 자전거 타고 왔던 학생도 그런 사람인 것이 분명하다. 생각할 때 순자는 살아난 것같이 기뻐 날뛰었습니다. 그리고 기회만 엿보았습니다.

○○동 354.

점심때도 지나고 벌써 오후 네 시! 짐을 꾸리기에 분주한 여관방 한 구석에서 순자는 이제껏 빠져나갈 틈을 타지 못하고 가슴만 바작바작 졸이고 있었습니다.

처음 듣는 동네 이름이라 잊어버릴까 보아 겁도 나고, 또 찾아갈 적에 조선 사람에게 물어보려면 말을 모르니까 적은 것을 보이고 물어야겠으므로, 오빠가 써 보낸 것은 찢지도 아니하고 몸에 지니고 펴 보고 펴 보고 하면서 똑딱똑딱 지나가는 시계 소리에 가슴만 졸이고 앉았습니다.

변소에 간다고 핑계를 하자니 변소는 뒤꼍에 있고, 앞으로 나가자 하니 한 걸음만 움직여도 어디를 가느냐고 앞을 막고……, 오빠와 외삼촌은 눈이 빠지게 기다리고 계실 터인데, 이러고 있다가 나만 중국으로 끌려가겠구나 싶어서 바작바작 타는 속에서도 더운 눈물이 옷자락에 뚝뚝 떨어졌습니다.

"무어냐? 너 손에 들고 들여다보는 것이……. 어디 보자!"

아까부터 순자가 이상한 종잇조각을 가진 것을 눈치 채고 눈여겨보고 있던 단장 마누라가 와락 달려들어 순자의 주먹 쥔 손을 급히 펴고 종이 끝을 쥐었습니다.

'이것을 들켰으면 큰일 났구나.'

생각하고 순자는 깜짝 놀라 손을 뿌리쳤으나, 일은 이미 늦었습니다. 종이의 3분의 1밖에는 손에 남아 있지 않고 3분의 2가 단장 마누라의 손으로 찢겨 갔습니다.

찢어진 종이를 읽은 단장 마누라는, "알았다, 그놈 있는 곳을 알았다!" 하고 소리쳤습니다. 단장이며 여러 부하들이 우루루 몰려들어서 쪽지를 읽었습니다. 그러나 위 도막이 찢어져서 무슨 동네라는 동네 이름이 없고 354라고 밖에 없으므로, 위 도막을 찾으려고 순자에게 덤벼들었습니다. 그러나 순자는 벌써 그 위 도막을 입으로 씹어서 목구멍으로 삼켜 넘겨버린 후였습니다.

"종이는 없더라도 너는 동네 이름을 알 것이니까, 대라 대! 요년아, 안댈 테냐? 안 댈 테냐?"

단장의 그 무서운 손이 발발 떨고 있는 뺨을 후려 갈겼습니다. 그러나 순자의 입은 열리지 않았습니다.

"그래도 요년!"

소리가 나자마자 단장의 발이 순자의 목과 어깨를 얼러 질렀습니다. 내여던져 바수어지는 세간그릇같이 한숨에 죽는 것처럼 순자는 그냥 캑 하고 쓰러지더니, 숨소리도 없었습니다.

"그래도 입을 안벌리지, 그래도."

말채찍 같은 것으로 후려갈기니 그 끝이 새빨간 다리에 휘감겼다가는 풀어지고, 휘감겼다가는 풀어지고 하였습니다. 창자를 찢는 듯싶게, "아이그머니, 아야머니." 하고, 우는 소리가 사람들의 귀를 찢었습니다. 벌써 그의 다리에서나 뺨에서는 피가 맺혔던 것이 뚝뚝 흐르기 시작하였습니다.

"그래도 요년이 안대! 어디 견뎌 봐라."

단장 마누라가 달려들어 옷을 벗겼습니다. 그러고는 그 부드러운 비둘기 같은 몸을 채찍으로 갈기고 갈기고 하였습니다. 몹시도 아픈지라 순자는 대굴대굴 구르면서 소리쳐 울었습니다. 그러나 그 울음소리를 들어줄 사람이 누구였겠습니까? 맞고 맞고 맞다 맞다 못하여, 순자는 그냥 까무러쳐 죽었습니다. 온몸은 피투성이가 되었고 얼굴은 해골같이 파래지고 이를 악물고 사지가 뻣뻣하여 그냥 죽었습니다.

까무러쳐 죽은 것을 보고야 연놈들은 깜짝 놀라서 찬물을 떠다 얼굴에 뿜는다 사지를 주물러 준다 야단법석이었습니다

계교! 계교!

불쌍한 순자가 간신히 눈을 뜨고 다시 숨을 쉬기는 그 후 한참이나 지난 때였습니다. 우선 죽지 않고 살아난 것만 다행하여 연놈들은 기뻐하면서 그 피 흐르는 몸에 옷을 입혀서 자리 위에 뉘었습니다. 좀 쉬게 해 놓고 기운을 차리게 한 후에 또 물어 볼 작정이었습니다.

그런데 그때 여관 문으로 급한 일이나 생긴 것처럼 쿵쿵거리

고 뛰어 들어와서 단장의 방으로 들어온 사람이 있었습니다. 그는 곡마단에 데리고 다니는 키 작은 난쟁이였습니다.

"저 단장님. 얼른 쫓아오세요. 지금 고놈 달아난 놈. 고놈이 곡마단 지었던 터 뒤에 이층집 여관이 있지요? 그리로 웬 조선 영감쟁이하고 들어가는 것을 보고 왔어요."

"응? 정말이냐?"

단장과 일동은 벌떡 일어섰습니다.

"정말이어요. 지금 막 들어갔습니다."

"자, 그럼 다 가자. 여럿이 가서 도망 못 가게 그 여관을 뺑 둘러싸라!"

비밀히 숨은 집을 알고 그를 잡으려고 단장과 그 여관에 있던 부하들은 우르르 따라서 나갔습니다. 별안간에 빈 집같이 조용해진 여관 안에는 단장 마누라 하나만이 남아 있어서 순자를 지키고 있었습니다.

"이이고, 고놈의 자식을 이제야 잡게 되어서 시원하다. 잡혀 오거든 내가 먼저 그때 그 원수 먼저 갚아야지……."

혼자 중얼거리고 있을 때, 그때 어디서 어떻게 들어왔는지, 새까만 양복을 입은 남자 한 사람이 자기 앞에 나타났습니다.

"어머나, 이게 누구야?" 하고 쳐다보니까, 이런, 그것이 거기 서있는 코에 수염은 붙였을망정, 분명히 분명히 상호였습니다.

"사람 살리우!"

소리를 지르려고 하였으나, 틀렸습니다. 어느 틈에 상호는 그의 입을 수건으로 막아 뒤로 매놓고 미리 준비해 가졌던 끈으로 두 팔까지 뒤로 젖혀서, 결박을 하여 놓았습니다. 그리고는, 천천히 순자를 일으켰습니다.

"나다. 나야. 상호다!" 하는 소리에 순자는 벌떡 뛰어 일어났습니다.

"어서 가자! 그놈들이 오기 전에."

상호가 순자를 데리고 여관 문 밖을 나아가서 골목을 돌아서니까 거기에는 벌써 아까 자전거 타고 종이를 전하던 학생이 인력거 두 채를 준비해 놓고, 기다리고 있었습니다. 순자와 상호가 인력거에 올라타자 학생은 자전거를 타고 앞에 서서 인력거를 안내하면서 북쪽으로 몰아갔습니다.

경찰서 힘으로

기묘한 꾀로 순자를 구해 가지고 북쪽으로 도망해 간 상호의 일행이 북촌 중학동 354번지 조선집 조선방에 앉아서 급하던 숨을 내어 쉴 때쯤하여, 저편에서는 난쟁이에게 속아서 명동 어귀의 여관까지 쫓아가 허탕을 친 단장과 그 부하들이 하도 분하여, 난쟁이를 잡아 묶어서 추켜들고, 씨근씨근 하면서 도로 자기네 여관으로 돌아왔습니다. 와 보니, 단장의 마누라는 묶이어 쓰러져 있고 순자는 간 곳이 없는지라, 그들은 너무도 뜻밖에 일에 눈 뒤집힐 지경이었습니다.

"그러면 우리가 고놈의 계교에 빠졌구나."

생각할 때, 단장은 얼굴이 찢어질 것같이 노하였습니다.

"당신들이 막 나가자마자 어데 숨어 있다가 뛰어 나왔는지 별안간에 상호란 놈이 와락 달려들더니, 나를 그렇게 소리도 못 지르게 입까지 막아 묶어 놓고 순자를 일으켜 업고 나갑디다그려."

"이렇게 야단이 났는데 여관 주인은 모르고 있었담?"

"알기는 어떻게 아오? 감쪽같이 해서 시치미 딱 떼고 업고 나간 것을……."

"요놈의 자식!" 하고, 소리를 지르면서, 단장은 와락 달려들어 난쟁이의 그 큰 머리를 으스러지게 후려갈겼습니다.

"네가 고놈의 부하 노릇을 하였으니까 그 놈이 있는 집도 알 테니, 대라대!"

한 번에 맞아죽은 것처럼 폭 엎드려서 숨도 못 쉬던 난쟁이는 간신히 목소리를 내서, "아니어요, 저도 정말로 알고 그랬어요. 제 눈으로 보지는 못했어도 어떤 양복쟁이가 나를 보고 돈 1원을 주면서 가서 단장 보고 '곡마단 터 뒤에 있는 여관으로 그 놈과 늙은 이가 들어갔다'고 그러라고 이르기에, 정말인 줄 알고 뛰어와서 그렇게 여쭌 것이어요." 하고 사실대로 이야기하였습니다.

"예끼, 이 미련한 놈의 자식아." 하고 단장은 발길로 찼습니다. 그러나 그놈이 상호와 달리 연락 없는 것은 확실히 믿었습니다.

"자, 그러면, 그놈들이 순자를 떠업고 어디로 간 줄을 알아야 쫓아가지……."

"글쎄올시다. 어디든지 있는 곳을 알기만 하면야, 그까짓 것들 당장에 가서 쥐새끼 잡듯 잡아오지요."

"그러나 이 넓은 경성에서 어디로 간 줄 압니까?"

머리를 이리 숙이고 저리 숙이고 하면서 아무리 애를 써도 도무지 알아낼 도리가 없어서 저희들끼리도 갑갑증이 생겼습니다.

"옳지, 옳지, 좋은 수가 있소." 하고, 단장의 마누라가 무릎으로 걸어 나와 앉으므로, 여러 사람은 무슨 꾀나 난 줄 알고, 일제히 그를 향하고 귀를 기울였습니다.

"아까, 그 쪽지 반쪽이 있지 않소? 왜, 그 무슨 354번지라고 쓰인 쪽지 말이어요. 그것을 경찰서에 갖다 주고, 찾아 달라 합시다."

말을 듣고 나서 단장은 픽 웃었습니다.

"나는 무슨 별 꾀라고……. 그까짓 쪽지, 동리 이름이 없이 허청대고 354번지라고만 씌어있는 것을 경찰서에선들 어떻게 어디 가서 찾누……. 흥!" 하고, 또 코웃음을 쳐버렸습니다.

"그래도 경찰서에서는 그런 것이 없이도 찾으려면 찾는데, 그런 것이라도 갖다가 주면 무슨 참고가 되겠지, 설마 못 찾을라구. 어쨌든 갖다 주고 자세한 이야기를 합시다."

단장 마누라가 억지를 세워서, 기어코 ○동 경찰서에 그 반쪽 쪽지를 갖다가 주고, 그 동안 지난 이야기와 오늘 여자까지 마저 데리고 달아난 일을 자세히 이야기하였습니다.

"옳지. 참 좋은 것을 가져 오셨소. 이것만 있으면 당장에 찾아 드리지요."

뜻밖에 경찰서에서는 그 쪽지 반쪽을 대단히 기뻐하였습니다.

"동네 이름이 없어도요?"

"동네 이름 없이도 곧 잡아 드릴 터이니 염려 말고 가서 기다리시오."

이렇게 일러서 돌려보내 놓고, 그 경부는, 즉시 종○ 경찰서로 전화를 걸고, 북촌 일대에 어느 동네든지 동네란 동네마다 354번지는 모조리들 들추어 달라고 부탁하였습니다. 이 부탁을 받은 종○ 경찰서에서는 곧 각처 파출소에 전화를 하여 어느 동네든지 354번지를 조사하라고 명령하였습니다.

맞닥뜨린 불행

중학동 354번지 외삼촌 댁 안방에서, 지옥에서 극락으로 나온 것같이 마음을 놓고 있는 순자와 상호는, 외삼촌댁 아주머니가(서로 말도 못 통하니까 역시 한기호라는 학생이 통역을 하는 것은 물론입니다) 장 속에서 내어준 사진을 보고 있었습니다.

사진은 상호와 순자가 아버지와 어머니의 무릎 위에 앉아서 박힌 상호의 집 가족사진이었습니다. 상호는 그래도 아버지의 무릎 위에 앉아서, 의젓하게 박혔는데 순자는 걸상에 앉으신 어머니 무릎 위에서 네 활개를 내뻗치고 입을 벌리고, 울면서 박혀 있었습니다.

기억도 없는 부모의 얼굴을 열여섯, 열네 살에 처음 보는 설움! 불쌍한 오누이의 눈에서는 굵다란 눈물이 낙숫물같이 뚝뚝 사진 위에 떨어졌습니다. 그 모양을 보는 외삼촌과 아주머니도 늙으신 눈에 눈물이 고여 넘었습니다.

"원수를 갚아야 한다! 원수를 갚아야 한다. 너의 어머니의 원수를 갚아야 한다. 그러나 너희 아버지를 찾아가야 한다. 중국으로 가셨는지, 미국으로 가셨는지, 도무지 소식을 모르는 외롭게 헤매는 너의 아버지를 찾아야 한다! 너희 아버지도 지금쯤은 차차 늙기를 시작할 텐데……. 너희들 생사도 모르고, 지금 어디서 편히나 계신지. 하루 바삐 너의 아버지를 찾아야 한다."

말씀하는 외삼촌 노인도 울음에 떨리는 소리거니와, 듣고 있는 두 오뉘의 눈에서는 그대로 눈물이 비 오듯 하였습니다.

"오냐. 이 원수는 죽어도 갚고야 죽는다." 하고, 상호가 속으로 맹세하느라고, 비 오듯 하는 눈물에 젖은 입술을 단단히 깨물고 있었습니다. 그때, 아아, 바로 그때에 대문을 박차는 소리가 나더니 내다 볼 사이도 없이 마당 앞에 우뚝우뚝 양복 입은 험상궂은 사람이 세 사람이나 들어섰습니다.

중국으로 중국으로

캄캄한 밤, 달도 없는 캄캄한 밤을 급행 기차는 지금 자꾸 북쪽으로 북쪽으로 달아나고 있습니다.

곡마단의 여러 일행과 그 일행에게 다시 잡혀 에워싸여 가는 순자를 태워가지고 이 밤에 경성역을 떠난 이 급행열차는 지금 중국 봉천(奉天)을 향하여 속력을 다하며 별로 쉬지도 않고, 달아나는 중입니다.

자정이 지났는지 안 지났는지 기차는 개성을 지나서 '뛰!'소리로 어둠을 헤치면서 달아나는데, 찻간마다 가득 탄 손님들은 거의 모두가 앉은 채로 고개를 기울이고 코를 골고 있습니다. 자정이 넘어서 그런지 차 속에 달린 전등도 아까보다는 몹시 컴컴하여졌습니다.

보기도 싫은 곡마단 사람들에게 에워싸여서, 단장 내외의 앞

자리에 끼어 앉은 순자는 조 비비는 가슴 속을 누구에게 하소연할 곳이 없어, 타는 불길 같이 쏟아져 나오는 한숨을 '후유!' 쉬면서 몇 번이나 몇 번이나 유리창 밖을 내다보고 내다보고 하였습니다. 그러나 유리창 밖은 캄캄한 어둔 세상으로, 차 안 모양만 거울 속 같이 비치어 보일 뿐이었습니다.

순자는 두들겨 맞아 아픈 두 팔을 늘이어 긴 한숨과 함께 기지개를 펴면서 두 눈을 감았습니다. '이대로 끌려가서 어떻게 되려노……?' 생각하면, 가슴이 답답하였습니다.

어저께 낮에 서울 중학동 외삼촌 댁 안방에서 오빠와 함께 어릴 적 사진을 보면서 울던 일까지는 똑똑하게 생각이 나건마는, 별안간 경찰서 형사들이 대문을 박차고 우루루 몰려 들어오던 때부터의 일은, 암만하여도 나쁜 꿈을 꾸고 그때에 같이 잡혀간 외삼촌과 그 한기호라는 학생은 꿈속 일 같이만 생각되었습니다. 그러나 지금 이렇게 자기 몸이 그 무서운 악마들에게 붙들려 끌려가는 중인 것을 보면, 꿈은 아니고 확실히 사실은 사실이구나 하고 중얼거렸습니다.

눈을 감고 가만히 생각하면, 어저께 낮에 형사 세 사람이 마루 끝에 들어 설 때에 오빠는 분명히 높다란 들창으로 얼른 뛰어넘어 갔었는데…….

그후에 잡히지 아니하고 어디로 피신을 잘 하였는지 달아나다가 잡히지나 아니하였는지, 그리고 자기와 외삼촌 노인과 한기호라는 학생과 세 사람이 형사들에게 끌려 경찰서로 걸어 갈 때의 울렁거리는 가슴, 생각하면 지금도 가슴이 떨리었습니다.

자기는 여러 가지 조사를 받고 있다가 잃어버린 물건이나 찾으러 오는 듯이 내 몸을 찾으러 온 곡마단장의 마누라와 그 부하의 손으로 넘겨 와서 이렇게 중국으로 끌려가지마는 어찌나 되었는지, 모든 것이 궁금하였습니다.

곡마단 단장과 부하들이 떠드는 소리를 들으면, 남의 식구 꾀어냈다는 유인죄로 감옥에 보낸다 하던데, 그 늙으신 외삼촌이 정말 감옥에 갇히셨으면 어떻게 하나, 머리가 센 늙은 몸은 우리 오뉘를 구해 내려고 그렇듯 애를 쓰시다가 결국 감옥에까지 가시게 되는가 생각할 때에 순자는 몸이 떨리고 눈물이 흘렀습니다. 오빠의 일 외삼촌의 일을 궁금해 하면서 붙들려 가는 가엾은 몸이 슬픈 생각 무서운 생각에 가슴을 태우는 동안에 벌써 밤은 새어서 어느 틈에 평양을 지난 지도 오래고, 지금은 조선의 끝 신의주 정거장을 지나서 큰 소리를 지르며 기차는 압록강 철교를 지나고 있었습니다.

"아아, 인제는 중국이로구나!" 하고, 중얼거리면서, 차창으로 내다보는 순자는 그만 소리를 내어 통곡도 하고 싶고, 양양히 흘러 내려가는 푸른 물결을 내려다볼 때는 그냥 몸을 솟구쳐 풍덩 빠지고도 싶었습니다.

외로운 활동

중학동 354번지로 형사의 한 떼가 상호와 순자를 잡으려고 달려들 때에, "이래도 잡히고 저래도 잡히기는 일반이다." 생각하고, 높은 들창에 손을 대자마자 곡마단에서 하던 버릇으로 소리도 안내고 획 뛰어 넘은 상호는 그 길로 그냥 줄달음질하여 서대문 밖으로 나아갔습니다.

급한 대로 들키지 않으려고 서대문 밖으로 오기까지는 하였으나, 그러나 생후에 처음 와 본 길이라 북으로 가야할지 남으로 가야할지 단 한 걸음도 내디딜 길이 망연하였습니다.

도둑질을 한 것도 아니요 사람을 죽인 것도 아니요 아무 죄 없는 몸이 곡마단에서 빠져 나왔다고 이렇게까지 남의 눈을 속여 쫓겨 다니게 되는가 생각하면, 우습기도 하고 신세가 슬프기도 하였습니다. 그러나 지금은 까닭도 모르는 형사들이 사면 방에서 내 몸을 찾고 있을 것이니 눈물만 흘리고 있을 수도 없었습니다. 서대문 밖 감옥 옆 금화산 중턱 잔디 위에 앉아서 상호는 온종일 궁리하다 못하여 밑에 있는 일본 사람의 하숙집에 들어가 주인을 청하고 며칠 동안을 파묻혀 숨어 있기로 하였습니다.

그 이튿날이었습니다. 순자와 외삼촌과 그 한기호가 어찌 되었을까, 반드시 잡혀갔을 줄 짐작은 하면서도, 그래도 궁금하고 갑갑해서 못 견뎠습니다. 새벽에라도 곧 중학동 집에 들어가 보려고 몇 번이나 모자를 쓰고 나섰으나, 자기를 마저 잡으려고 밤중에 자로 들어오기를 기다리고 형사들이 지키고 있을 것이 분명하여서, 나섰다가는 도로 들어서고 도로 들어서고 하였건마는, 그래도 갑갑증이나서 소식을 알려고 저녁 전깃불이 켜지기를 기다려 전처럼 얼굴에 수염을 붙이고 대담스럽게 중학동 거리를 걸어 들어섰습니다.

걸으면서도 이렇게 걸어가다가 들켜서 잡히면 어쩌나 생각을 하니, 외삼촌 댁이 점점 가까워질수록 가슴은 크게 뛰놀고 옆으로 지나가는 사람이 모두 형사 같아서 몸이 오싹하였습니다. 그러나 다행히 아무 탈 없이 외삼촌댁에까지 당도하였습니다. 웬일인지 일찍부터 닫혀 있는 대문을 밀어 열고 들어서려 할 때에 갑자기 상호의 가슴은 성큼하였습니다.

혹시 이 대문 안에 형사들이 기다리고 있으면 어떡하나 하는 생각이 난 까닭이었습니다. 상호는 내밀었던 손을 움츠리고, 열까? 말까? 멈칫거렸습니다. 그런데, 그때 천만뜻밖에 뒤에서 와락 달려들어 상호의 바른편 팔을 꽉 붙잡는 사람이 있었습니다.

대문 앞에서

중학동 외삼촌 댁 대문 앞에서 동정을 엿보느라고 망설이는 상호에게 뜻밖에 와락 달겨든 사람! 분명히 경찰서의 형사에게 잡힌 것이라고, 상호는 가슴이 덜컥 하였습니다. 그러나 그는 형사가 아니고 외삼촌 노인과 한데 잡혀갔을 통역 학생 한기호였습니다.

"오! 어떻게 안 잡혀 갔소?"

상호는 반갑고 놀라워서, 크게 소리쳐 물었습니다.

"갑시다, 갑시다. 여기 있으면 위험하니, 어디로 얼른 갑시다."

그는 상호의 손을 잡아끌듯 하면서 나지막한 소리로, "이 근처가 온통 형사 천지요, 빨리 갑시다. 지금 당신을 잡으려고 발끈 뒤집혔으니, 조심해 가야 됩니다." 하면서, 자기가 먼저 앞서서 급히 걸었습니다. 학생의 말은 한 마디 한 마디가 무거운 쇠

방망이로 상호의 가슴을 때리는 것 같았습니다.

자기의 몸은 지금 거미줄에 얽힌 것 같아 까딱하면 독수리의 발톱에 새 새끼가 채이듯이 붙잡힐 것을 생각하니, 한 발 한 걸음을 내어 딛기가 무시무시하였습니다. 그러고 보니, 점점 저 길로 지나가는 사람이 모두 자기를 노려보는 것 같고, 심지어 여편네 아이들까지 형사의 돈을 먹고 자기의 뒤를 일부러 따라 오는 것 같았습니다.

두근두근! 상호는 아무 말도 내지 못하고, 학생의 뒤를 따라 잠자코 걸어서, 광화문 앞을 지나, 비각 앞 네거리까지 무사히 나왔습니다.

"어디로 가면 안전할까?"

네거리까지 나와서 학생이 상호를 돌아다보고, 비로소 입을 열어 물었습니다.

"서대문 밖으로 가지······." 상호는 서대문밖에 몰랐습니다.

"아니, 그리 가면 위험하니 진고개로 갑시다. 그리 가야 안전하겠소."

두사람은 걸어서 진고개로 올라가며, 소근소근 궁금하던 일을 이야기하였습니다.

상호가 들창으로 뛰어 도망한 후 순자와 학생과 외삼촌 노인은 다 같이 경찰서로 붙잡혀 갔던 일, 그 후로 순자는 곡마단 사람의 손으로 넘어가고 노인은 검사국으로 넘어가고 학생은 증거가 없어서 놓여나온 일을 상호는 속이 시원하게 알았습니다. 그러나 한 가지 모를 일은 순자가 곡마단의 손으로 넘어가서 어찌 되었는지 곡마단 일행은 중국으로 갔는지 안 갔는지 그것이 었습니다.

"곡마단 패들이 어찌 되었는지 그것을 알아볼 도리가 없을까?"

상호가 혼잣말처럼 중얼거렸습니다.

"알아보기도 급하지만 섣불리 하다가는 도리어 잡히게 될 것이니, 우리 저 산으로 올라가서 천천히 이야기합시다."

학생의 의견대로 두 사람은 좌우 옆을 흘낏흘낏 눈치 채어 가면서 좁다란 골목만 골라서 남산을 향하고 올라갔습니다.

벌써 순자는 중국 땅에 가 있는 줄은 알지도 못하고…….

이상한 편지

곡마단이 묵던 여관은 곡마단 일행이 떠난 후로 몹시 조용하여졌습니다. 문 옆방에 앉아 있는 주인 내외는 심부름하는 심부름꾼들을 데리고,

"그 수선스런 패들이 지금쯤은 중국에 가서 내렸겠다."

"아이고, 그 밤낮 두들겨 맞기만 하던 처녀가 불쌍해 못 보겠어요. 어디가서든지 그렇게 두들겨 맞기만 하겠지요."

"그럼, 오죽하면 도망을 하려니 그랬겠니? 불쌍한 일도 많지……."

이런 이야기를 주거니 받거니 하고 있었습니다. 손님들은 각각 볼일 보러 나간 사이라, 여관치고는 제법 한가한 때였습니다. 그때 어떤 말쑥한 청년이 한 분 들어서더니, 황급히 모자를 벗고, "여기 곡마단 일행……." 하고 말을 시작하다가 멈칫거렸습니다.

주인 여자가, "네. 곡마단 단장은 그저께 밤차로 중국으로 간다고 떠났습니다." 하자, "아니오. 떠난 줄은 압니다. 내가 그 곡마단의 사무원이니까요. 그런데, 단장이 이 여관에 잊어버리고 간 것이 평양까지 갔을 때에 생각이 나서, 그것을 찾아오라 해서, 내가 도로 온 것입니다."

주인 여자는 그제야 까닭을 알고,

"예, 그러십니까? 그럼 올라오셔서 찾아보십시오마는 방을 그날 곧 소제를 하여도 아무 것도 없었는걸요."

"예, 무슨 문서인데 남의 눈에 안 띄게 다락 구석에 깊이 두었었다니까, 찾아보면 있겠지요."

"그럼, 올라오셔서 찾아보세요."

싹싹하고 친절하게 안내하였습니다. 젊은 손님은 따라 들어와서 단장 내외가 있던 방의 다락 속을 뒤졌습니다. 그러나 아무 것도 없었습니다.

"웬일일까? 분명히 다락에 넣었었다는데……. 없어졌으면 큰일 날 것인데……. 응 큰일났군……."

"글쎄요. 없어졌으면 미안합니다."

"혹시 딴 데다가 두고 잊어버렸는지도 모르니, 미안하지만 다다미 밑을 좀 보겠습니다." 하고, 그 젊은 소님은 방바닥에 깔린 다다미를 일일이 들어내고 보았습니다.

"있군! 예 있습니다. 이것입니다." 하고, 젊은 손님은 방 한 구석 다다미 틈바구니에 끼어 있는 납작한 봉투를 집어 들고 기뻐하더니, 부리나케 나가서 구두를 신으며, "실례입니다마는 기차 시간이 바빠서 치워 드리지 못하고 급히 갑니다. 자, 이것을 그 하인에게 주십시오." 하고, 돈 1원을 내놓고 급급히 나갔습니다. 그 젊은 손님이 봉투를 들고 여관 문을 나가 여관 판장 옆을 돌아서자, 거기서 기다리고 있든 상호가, "어떻게 되었소?" 하고, 물으면서 뛰어나왔습니다.

"됐어. 됐어!" 하는 그 젊은 손님은, 통역 학생 한기호였습니다. 두 사람은 걸음을 급히하여 산으로 올라갔습니다.

"처음에 가서 시치미 딱 떼고 곡마단이……. 하고 우물쭈물하니까 주인 마누라가 먼저 곡마단은 그저께 저녁에 중국으로 갔다고 그럽디다. 그래서 우선 중국으로 간 것은 분명히 알았고, 그 다음에 우리가 계획 한대로 나는 곡마단 사람인데, 잊어버린 것이 있어서 평양까지 갔다가 도로 왔다고, 그리고 뛰어 들어가서 다다미를 일일이 들고 조사하니까 이 봉투가 있기에 아주 잊어버린 것이나 찾은 것처럼 이것이라고 하고 가지고 나왔지……." 하고, 한기호는 그 봉투를 꺼내 주었습니다. 상호는 자기가 계획한 대로 들어 맞아 성공한 것을 기뻐하면서 바삐 봉투 편지를 보았습니다.

편지는 중국 봉천에 있는 '전중여관' 이라는 일본 여관 주인이 서울 있는 곡마단 단장에게 보낸 편지였는데, 속을 빼어 보니, 참말 수상스런 일이 적혀 있었습니다.

그것은 두 꿰짝을 보내었으니 잘 받아서 처치하고, 어느 때 중국으로 오는지 이번에…… 꼭 15, 16짜리로 적어도 셋은 가지고 와야 한다.

이런 말이 적혀 있었습니다.

그것 두 꿰짝은 무엇을 가리켜 한 말이고, 15.16짜리 셋은 무슨 소리인지도 도무지 얼른 짐작할 수 없는 말이었습니다.

"그러나 어쨌든지 이 편지는 잘 가지고 있기로 하고, 오늘밤이라도 곧 중국으로 갑시다. 아까 이야기한 대로, 그럼 내가 가서 내 저금을 찾고 또 다른 것도 준비해 가지고 오리다. 당신은 서대문 밖 그 여관에 가서 기다리고 계시오." 하고, 한기호가 먼저 벌떡 일어섰습니다.

그날 밤, 중국 봉천을 향하고 경성역을 떠난 길다란 급행열차가 신촌역을 지날 때에, 남의 눈을 피하는 청년 두 사람이 어둡고 조그만 정거장에서 슬쩍 올라탔습니다.

봉천의 깊은 밤

중국의 봉천! 중국 사람들의 그 시끄럽고 요란하던 복잡한 거리도 밤이 들어서 지금은 깊은 산 속같이 컴컴하고 공동묘지같이 고요하였습니다.

그러지 않아도, 깊숙하고 충충스런 중국 사람들의 길가 상점집이 지금은 무서운 마귀의 집같이 컴컴한 땅 위에 무슨 엉큼한 물건을 품고 엎드린 것 같이 흉악해 보였습니다. 그 지옥같이 컴컴한 길로 꾸물꾸물 움직여 걷고 있는 이상한 검은 그림자 두 개! 수군수군 이리 흘깃 저리 흘깃 연하여 사면을 휘휘 둘러보면서 느릿느릿 나아가는 검은 그림자 두 개…….

그것은 상호와 한기호였습니다. 벌써 봉천에 온 지도 사흘째나 되건마는 원래 처음 와 보는 곳이라, 만나는 사람마다 중국 사람뿐인데 그 큰 목소리로 쌈 싸우듯 왁자지껄 하게 던지는 소리가 한마디 알아듣기는커녕 귀가 시끄러워 정신이 어리둥절할 지경이므로 마음대로 활동할 수가 없었습니다.

오는 길로 그 비밀 편지에 적혀 있던 '전중여관'이란 곳에 찾아가서, 시치미 뚝 떼고, 방 하나를 치우고 있으면서 아무리 눈치를 보았으나, 곡마단 단장이 이곳에 오는 법도 없고 이 집주인이 출입할 때마다 뒤를 따라 보아도 수상한 것은 조금도 없었습니다.

'대체 이놈들이 봉천으로 아니 오고, 아마 중도에서 어디로 딴데로 가버리지나 않을까?'

생각할 때에 상호는 눈이 캄캄하였습니다. 공연히 허방을 짚고 이렇게 먼 곳에까지 왔으니 곡마단 일행이 이곳에 와 있지 않고 딴 데로 갔으면, 이 넓은 중국 땅에서 어디로 간 줄 알고 순자를 찾으러 간단 말인가……. 만사는 다 어그러졌고 불쌍한 순자와는 영영 다시 만나지 못하게 되었구나…….

이런 생각을 하고 상호의 눈에는 눈물이 글썽글썽 하였습니다. 옆에 있는 기호 역시, '일이 다 틀어졌구나!' 하고, 속으로는 낙심하였으나, 상호가 자꾸 우는 것을 보고 마음이 딱하여, "낙심하지 맙시다. 여기까지 와서 낙심하면 될 수가 있겠소? 여기서 며칠 기다려 보면, 그래도 무슨 눈치가 있겠지요." 하고 위로를 하였습니다.

그런데 이날 저녁 때 일이었습니다. 상호와 기호가 여관 이층에서 저녁밥을 먹고 마루 난간에 나와서 섰노라니까, 아래층 주인의 방에 어저께도 왔었던 절름발이 늙은 신사가 또 찾아오는 것을 보았습니다. 머리와 수염이 허옇게 센 점잖은 노신사인데, 한편 다리가 고무다리인지 굵다란 단장을 짚고 절름절름하면서 지팡이로 지탱하여, 걸음을 걷는 모양이었습니다.

상호는 늙은이거나 누구거나 이 집주인과 상종하는 사람은 누구든지 주의하여 살펴보아야 한다고 속으로 생각하고 변소에 가는 체하고 일부러 내려가서 주인 방 옆을 지나면서 이야기하는 말소리를 주의해 들으려 하였습니다.

그러나 창 밖에 가깝게 가자 이때까지 젊은 사람같이 기운 찬 소리로 이야기하던 것이 뚝 그치고, 밖에 발자취 소리가 멀리 지나가 버리기를 기다리는 모양이었습니다.

'옳지, 무언지 비밀한 의논인가 보구나.'

생각하고, 상호는 하는 수 없이 그냥 지나 변소에 다녀서 다시 그 방 옆을 가깝게 스쳐 지났습니다. 말소리는 여전히 아까와 같이 또 뚝 그쳤습니다.

'옳지, 분명히 비밀한 이야기다!' 하고, 상호는 이층으로 올라와서 기호에게 그 이야기를 하고, '어떻게 하면, 그 늙은 절름발이 신사가 누구인 줄을 알아낼 수가 있을까?' 하고, 궁리궁리하였습니다. 심부름하는 계집 하인을 불러 물어 보니까, "가끔 놀러 오시는 바둑 잘 두는 노인이여요." 할 뿐이었습니다.

바둑 두는 늙은이면 이야기를 그렇게 비밀히 할 리 없을터인데 하고, 상호는 도리어 더 이상히 생각하였습니다. 안타깝게 머리를 썩이고 섰던 상호는 무슨 생각을 하였는지, 아까 그 계집 하인을 불러서 돈 50전을 먼저 주고, "이따가 그 늙은이가 주인의 방에서 나오거든 그때 얼른 차를 뜨겁게 끓여서 찻잔에 담아, 그 늙은이를 갖다가 대접해 주게." 하였습니다.

하인은 별로 의심하지도 않고 돈 50전만 감사하면서 그리 하마고 대답하였습니다. 그 후 두 시간이나 지나서 밤이 몹시 깊은 때에 절름발이 늙은 신사는 주인의 방에서 지팡이를 짚고 거추장스럽게 절름거리면서 나왔습니다.

계집 하인이 분주히 펄펄 끓는 차를 담아 들고 쫓아가서 구두를 신으려고 허리를 억지로 구부린 그에게 대접하였습니다. 그때 분주히 상호가 뛰어 내려가서 급한 일이나 있는 듯 후닥닥 뛰어 나가 신발을 신는 체하다가 계집 하인에게로 쓰러지는 것처럼 하면서 차를 들고 서 있는 팔을 쳤습니다.

"에그머니!" 하면서, 계집 하인이 들었던 찻잔을 떨어뜨리자, 그 뜨거운 차가 절름발이 늙은 신사의 양발 신은 발에 쏟아졌습니다.

"아, 앗, 뜨거!" 하고, 일본말로 소리치면서, 늙은 신사는 벌떡 일어서면서, 한 발로 딛고 한 발을 들어 흔들면서, 쩔쩔 매었습니다. 그런데 차에 덴 발은 성하던 발이고, 버티고 섰던 발은 절름발이었습니다.

"잘못했습니다. 너무 죄송합니다." 하고, 상호는 굽실굽실 사죄하였습니다. 그리고는, 곧 도로 이층으로 올라와서, "여보, 기호 씨. 들어맞았소. 그 놈이 분명히 곡마단 단장 녀석이오."

천만 뜻밖에 그 늙은이가 곡마단 단장이라는 말에, 한기호는 어떻게 반가운지, 전기에 찔린 사람 같이 뛰어 달려들었습니다.

"내가 일부러 그 놈의 발에 더운 차를 엎지른 것은 그놈이 정말 다리 병신인가 가짜 병신인가, 그것을 알려고 그랬소. 그래 엎질러 놓고 그 놈의 발과 얼굴을 주목해 보았더니, 절름거리던 발을 힘 있게 버티고 섰던 것을 보니까, 거짓말 가짜 절름발이입니다. 그리고 '아, 뜨거!' 하는 소리가 늙은이 소리가 아니고 아주 기운찬 젊은 소리입디다. 그때 얼굴을 보니까 모두 곡마단 단장인 데 남의 눈을 속이고 넌지시 이 집주인과 만나느라고 그렇게 능청스럽게 절름발이 행세를 하는 모양이오. 자, 어서 일어나시오. 그 놈의 뒤를 쫓아갑시다."

두 사람은 몸이 나는 것 같았습니다. 번개 같이 뛰어 여관 문을 나서서 여전히 컴컴한 길로 절름절름 걸어가는 흉악한 곡마단 단장 놈의 뒤를 따라섰습니다. 그래 지금 이 컴컴한 마귀의 세상 같은 어두운 거리로 수군수군하면서 움직여 걷는 두 그림자의 저 앞에는 또 하나 검은 그림자가 절름절름 걷고 있었습니다.

"저 놈이 우리가 이렇게 조선에서 여기까지 쫓아와서 지금 저의 뒤를 밟아 가는 줄 알까 모를까?"

"글쎄, 알기만 하면 화닥닥 돌아서서 우리에게 무슨 짓을 할는지 모르지……"

"이 바닥에 저놈의 부하가 어디 어느 구석에 숨어 있는지 모르니까 위험하오."

　두 사람은 수군수군 가슴을 조이면서 따라갑니다. 한참이나 가다가 기호가 별안간, "에쿠." 하고, 상호의 팔을 꽉 붙잡고, 뒤로 주춤하였습니다. 상호도 깜짝 놀라 주춤하고 서서 보니 까, 큰일 났습니다. 앞에 가던 단장 놈이 별안간 우뚝 서더니, 휙 돌아서서 두 사람에게로 걸어옵니다.

　두 사람은 머리끝까지 오싹하였습니다.

계교와 계교

　중국 땅 봉천 시가의 어두운 밤! 지옥 길 같이 캄캄하고 음침한 길로 숨을 죽이고 뒤를 밟아가던 상호와 기호는 앞에 가던 거짓 절름발이가 별안간 휘쩍 돌아서는 것을 보고 가슴이 섬큼하여 말뚝같이 우뚝 섰습니다.

　'마귀보다도 더 흉악스러운 곡마단 단장 놈이, 무슨 맘을 먹고 돌아섰을까.'

　생각할 사이도 없이 그는 절름절름 우뚝 서 있는 두 사람 편으로 걸어왔습니다.

　'큰일 났다!' 싶어서 두 사람의 머리는 으쓱였습니다. 정신이 멍하였습니다. 저놈 한 놈뿐만 같으면, 그리 염려할 것 없이 힘대로 싸워 보자마는, 만일 저놈이 달려들면서 군호를 하여 이 구석 저 구석에서 부하들이 뛰어 나오면 어찌할까……. 그런 것 저런 것을 믿는 것 없이는 저렇게 혼자서 가깝게 달려들 리가 없는데…….

전기같이 이 생각 저 생각이 두 사람의 머리에 빛났다 꺼졌다 할 사이에, 벌써 그 놈은 두 사람의 코앞까지 와서 우뚝 섰습니다. 그리고는 고개를 쑥 내밀더니, "혹시 성냥을 가졌으면 하나 주십시오." 하고, 능청스럽게 늙은이 소리로 묻습니다. 어둠 속에서 자세히 보니, 딴은 그의 입에는 꼬부랑 골통대가 물려 있습니다.

달려들지 않는 것만 다행히 여기고 기호가 성냥갑을 꺼내 주려고 양복 주머니를 뒤적뒤적 하는데, 상호가 한 손으로 기호의 팔을 왁 잡으면서 그 놈을 향하여, "예, 미안합니다마는 우리는 담배를 못 피우므로 성냥을 가지고 다니지 않습니다." 하였습니다.

"흥, 이거 밤길을 걷는 데는 담배를 피여 물어야 하는데, 성냥이 없어서 오늘도 못 피우겠군!" 하고, 혼잣소리를 하고, "실례하였소." 하고는, 다시 돌아서서 절름절름 걸어가기 시작하였습니다. 두 사람은 그제서야 마음을 휘 놓았습니다. 그리고 천천히 또 그 뒤를 밟아 가기 시작하였습니다.

"여보, 왜 아까 내가 성냥갑을 내주려는데 당신이 없다 하고 막아 버렸소?" 하고, 기호가 상호에게 궁금히 물었습니다.

"그놈이 정말 성냥이 없어서 우리더러 달라 할 리가 있나요. 우리에게 성냥을 달래서, 담뱃불 붙이는 체하고 성냥불로 우리들의 얼굴을 자세히 보려고 그랬지요."

"하하하, 나는 깜빡 모르고 있었소. 꺼내 주었더라면 큰일 날 뻔하였구려."

"큰일 나구말구. 그렇게 얼굴을 코앞에 들이대고, 불을 켜 들고 들여다보면, 우리 얼굴에 수염 만들어 붙인 것과 변장한 것이 모두 들킬 것 아니겠소."

"글쎄 말이요. 나 때문에 혼날 뻔하였소!" 하고, 수군거리면서 뒤따르는 상호와 기호는 앞에 절름거리면서 가는 단장 놈이 어떻게 능청스럽게 보이고 흉측해 보이는지, 총이라도 있으면 그냥 곧 쏘아 버리고 싶게 미웠습니다.

이상한 암호

캄캄한 거리로 골목을 몇 번인지 꺾어서, 절름발이는 어느 창고같이 생긴 이층집 문 앞에 우뚝 섰습니다. 붉은 벽돌로 모양 없이 튼튼하게만 지은집. 어두운 밤이라서 그 무거운 문이 마치 감옥문같이 보였습니다.

뒤에 따라가던 두 사람은 냉큼 길가 어두운 구석으로 기어들어 숨어서 그의 동작을 노려보고 있었습니다.

절름발이가 거기 서서 전후 좌우를 휘휘 둘러보더니, 아무도 보는 이가 없는 줄 알고 안심한 듯이 문 앞에 바싹 들어서자, 대문은 안으로부터 열리고, 그 안에서 한 사람이 내다보고 무어라 쑤군쑤군하는 것 같더니, 절름발이도 안으로 쑥 들어가고 무거운 문은 다시 굳게 닫혔습니다.

"저놈의 집이 까닭이 있는 집인 모양이군!" 하면서, 두 사람은 어두운 구석에서 뛰어나와 그 이상한 벽돌집을 두루 살피기 시작하였습니다. 대문 앞에까지 바싹 가서 성냥불이라도 켜 들고 문패며 번지수를 조사하고 싶었으나, 그놈의 대문 한 겹 안쪽에 어떤 놈이 문지기 노릇을 하고 앉은 모양이니, 신발 소리를 내거나 성냥 긋는 소리를 내기만 하면 당장 뛰어나오겠으므로 그러지는 못하고 그 집 옆에 골목이 있는 것과 뒤로는 야트막한 중국집과 맞붙어 있는 것과 골목으로는 높은 담이 싸여 있는 것만을 조사하였습니다.

"이크, 또 와요. 또 한 놈이 오니 들어서요."

기호가 속살거리는 소리에 상호도 그 옆 골목 모퉁이에 몸을 숨기고 서서보니, 과연 양복 위에 외투 입은 한 놈이 그 집의 대문 앞에 우뚝 섰습니다. 여기는 바로 그 집 벽 밑이라 아까보다는 훨씬 가까워서 그 놈의 손짓 하나 말소리 하나도 빼놓지 않고 듣고 보구 할 수가 있었습니다.

놈은 대문의 손잡이 위를 손등으로 '똑똑똑똑똑' 천천히 꼭 일곱 번을 때렸습니다. 그러니까 아까처럼 안으로부터 문이 열리고 한 놈이 고개를 쑥 내미는데, 그때 안으로부터 희미 하나마 등불 빛도 비쳐 나왔습니다. 외투 입고 온 놈은 이번에는 왼편 손을 주먹 쥐어 쑥 내밀더니, 오른편 손의 둘째손가락과 가운데손가락과 문을 내밀어 왼편 주먹에 두 번 들었다 놓았다 하였습니다. 그러니까 내다보던 놈은 대문을 더 활짝 열고, 그놈을 들여보내고, 다시 무겁게 닫혀 버렸습니다.

"자세히 보았소? 대문을 일곱 번 두들기고 왼손 주먹에 바른손 두 손가락을 두 번 내민 것이 분명하지요?"

"분명히 그랬소. 아마 그것이 그놈들의 암호인 모양이오."

"그러면, 그게 무슨 의미일까?"

"어쨌든 암호까지 있는 것을 보면, 무슨 비밀이 있는 것은 분명한 모양이오."

"그야 물론이지요."

무서운 집 어두운 담 밑에서 가슴을 울렁거리면서 소곤소곤 이야기 할 때, 또 그 집문 앞에 와서 손잡이의 위를 똑똑똑 때리는 사람이 있어서, 두 사람은 숨을 죽이고 눈과 귀를 기울였습니다. 이번에 온 것은 일본 옷 입은 여자 한 사람, 중국 옷 입은 남자 한 사람이었습니다. 문이 열리고 안에서 문지기의 얼굴이 쑥 나오더니 여자를 보고 머리를 굽혀 인사하는 모양이었습니다. 그러나 여자와 남자와는 역시 각각 왼손을 주먹 쥐어 내밀고, 오른손 두 손가락을 그 위에 두번 내밀어 보이고 쑥 들어갔습니다.

그것을 보면 아는 사람이거나 모르는 사람이거나, 으레 그렇게 하고야 들어가는 엄중한 규칙인 것이 분명하였습니다. 곡마단 단장과 그 부하들의 비밀! 그것은 대체 무슨 비밀이며, 왼손 주먹에 바른손 두 손가락은 무슨 의미일까?

사람은 가슴을 울렁거리면서도 그곳을 떠나지 않고 서서 궁리궁리하였습니다. 어쨌든지 그놈들이 단순한 곡마단 패가 아니고 이곳에 그들의 나쁜 패가 더 많이 있어서, 모두 연락해 가지고 있는 것을 보면 결단코 허투루 볼 패는 아니고 무슨 무서운 비밀한 계획이 있는 것이 분명하였습니다.

무서운 모험

머나먼 길, 국경을 넘어서 남의 나라 땅에까지 쫓아와서 어두운 밤! 무섭게 캄캄한 밤에 마귀 떼의 집도 이제는 찾았고 또 그 집 속에 지금 여러 연놈이 모여드는 것까지 알아내었으나, 그러면서도 손끝 하나 대여보지 못하고 있는 생각을 하면 두 사람의 마음은 안타깝기 한량이 없었습니다.

생각대로 하면 지금 당장에 담이라도 뛰어넘어 이놈의 집 속에 들어만 가면 그 속에 불쌍한 순자가 갇혀 있든지 묶이어 있든지 찾아낼 수 가 있을 것이요, 또 그놈들의 비밀을 알아내고 어머니 아버지의 원수를 갚을 수 있을 것이었습니다. 그러나 아아 그러나 이 집, 이 담 너머에는 그놈의 떼가 몇 십 명이 있는지 몇 백 명이 있는지 아는 도리가 없으니, 약하디 약한 두몸이 설불리 들어갈 수도 없는 것이었습니다.

"어떡할까요?"

"글쎄요."

"이 집 속에 순자가 갇혀 있을 것 같은데요. 그놈들이 모여서 무슨 짓을 하는지 모르지요."

"글쎄요, 우리가 이러고만 있어서는 안 되겠는데……."

그들의 가슴은 타기 시작하였습니다. 어떻게 할까? 상호의 두 눈에는 순자의 우는 얼굴과 사진에서 본 어머니 아버지의 얼굴이 번갈아가며 나타나 보였습니다. 그러다가는 불쌍한 순자가 그 곡마단 단장의 그 지긋지긋한 채찍에 두들겨 맞아서 온몸에서 피가 줄줄 흐르는 참혹한 정상이 눈에 자꾸 어른거렸습니다. 그의 가슴은 떨리고, 그의 손은 저절로 주먹 쥐어졌습니다.

'죽더라도 뛰어 들어가 보자.' 고 엉뚱한 일을 뒷일 헤아릴 새도 없이 결심하였습니다.

"내가 들어가 볼 터이니 당신은 여기서 기다려 보아 주시오." 하고, 상호는 기호에게 떨리는 소리로 말하였습니다.

"들어가다니 그게 무슨 말이오. 어쩌자고 그 속에를 들어간단 말씀이오?"

기호는 걱정하면서 상호의 손을 쥐고 굳이 말리었습니다.

"그 속에까지 들어갈 것이 아니라 문을 열거든 그 문지기 놈을 끌어내서 두들기고 물어 봅시다. 그것이 낫지 않아요?"

기호가 생각한 이 꾀는 잘 생각한 꾀였습니다. 그러나 문을 열기만 하면 그놈이 혼자 지키고 있는지 알 수 없는 것이요, 또 만일 혼자 지키고 있다하더라도, 그냥 잠자코 끌려 나올 리가 없는 것이니까 소리를 지르던지 또 무슨 군호로 저희 떼에게 통지를 하여 여러 놈이 나올 것이 분명한 것이었습니다. 그러나 다행한 일인지 불행한 일인지 지금의 두 사람은 그런 것을 염염히 생각할 만큼 마음이 조용하지를 못하였습니다.

기호는 담 밑에 숨어서 망을 보고 있기로 하고 상호 혼자 그 마귀 같은 집 대문 앞에 올라섰습니다. 가슴이 두근두근 몹시도 울렁거리는 것을 참으면서 대담스럽게 '똑똑똑똑' 일곱 번을 두드렸습니다. 그러자 안으로부터 문을 열려고 움직이는 소리가 들리었습니다. 상호의 가슴은 두방망이질을 쳤습니다.

문에서부터

어둔 깊은 밤! 지옥길같이 무섭고 어두운 중국 봉천의 깊은 밤! 상호는 이때까지 벽 밑에 숨어 서서, 악한들이 들어갈 때마다 하는 짓을 보고 배워 가진 암호 한 가지만 믿고, 순자를 구해낼 욕심에 전후 위험을 생각할 사이도 없이 뛰어가서 그 마귀의 굴 같은 괴상한 벽돌집의 무거운 대문을 똑똑똑 일곱 번을 두드렸습니다. 그러나 안에서는 문지기 놈이 일곱 번 치는 암호가 틀리지 않는 것을 믿고 문을 여느라고 덜컥덜컥 소리가 들리므로, 이제는 악한과 얼굴을 마주치게 될 것을 생각하고 갑자기 가슴이 울렁거렸습니다.

일곱 번 두드리는 암호가 맞아 문을 열기는 하지마는 얼굴을 마주 대하면 당장에 탈이 날 것이니, 이 급한 경우에 어째야 좋을까 하여 저편 벽 밑에 몸을 움츠리고 서 있는 기호는 상호보다 더 가슴을 두근거리고 있었습니다.

덜그럭덜그럭 마귀굴의 그 무겁디 무거운 문이 열리고 컴컴한 속에서 귀신 대가리같이 시꺼먼 얼굴이 쑥 나왔습니다. 들키느냐 죽느냐 하는 판이라 벽밑에서 보고 있는 기호도 몸이 움찔하였습니다. 그리고 가슴이 덜덜 떨리었습니다.

상호는 가슴이 울렁거리는 것을 억지로 참으면서 두 손을 내밀어 왼손 주먹 위에 오른손 두 손가락을 얹어 두 번째의 암호를 해 보이려 하다가 별안간 튀어 나가는 총알같이 휙딱 뛰어서 뒤로 댓 걸음 물러서 벌렸습니다.

내다보던 문지기 놈은 무언지 눈앞에 섰던 놈이 전기에 찔린 것같이 휙딱하고 없어지므로, 이상히 여기어 등불을 들고 쫓아 나왔습니다. 나와서는 등불을 쳐들고 이리저리 바쁘게 찾는데 그때 물러서서 벽돌집에 박쥐같이 착 붙어 있던 상호가, 다시 번개같이 날아서 달려들어 그 놈을 얼싸안고 엎드렸습니다. 그러고는 몸과 두 다리로 그놈의 몸을 누르고 손으로 주둥이를 내리막아 눌렀습니다.

원래 어려서부터 곡마단 왜광대로 길러진 상호의 솜씨라 어떻게 번갯불같이 날쌔게 들이쳤는지, 별안간 습격을 당한 문지기는 미처 정신 차릴 사이도 없이 엎혀 눌려 가지고 사지를 버둥버둥하였습니다. 그러자 그 꼴을 보고 있던 기호가 뛰어나와서 둘이서 그놈을 끓는 물에 삶아 낸 것같이 기운을 죽여 가지고, 우선 저편 기호가 숨어 있던 어두운 벽 밑으로 끌고 갔습니다.

무서운 칠칠단의 떼

문지기 놈의 사지를 묶어서 바깥벽 밑 기호에게 맡겨 두고, 상호는 대담스럽게 그 무섭고 캄캄한 마굴문 안으로 들어가서 문지기 자리에 앉았습니다. 곧장 안으로 뛰어 들어가고 싶기는 하지마는, 어디로 해서 어느 방으로 들어가는 줄도 모르고, 그 안에 몇 백 명이나 있는지 영문을 몰라서 우선 여기 앉아서 동정을 살펴보아 가지고 들어갈 작정이었습니다.

그 집 속은 꽤 깊은 모양이어서 조금도 사람의 말소리는 가늘게도 들리지 않고, 가끔 가끔 여러 사람의 손뼉 치는 소리가 퍽 멀리서 가늘게 들려올 뿐이었습니다.

이 무서운 마굴 속에 들어와서 여러 놈들의 손뼉 소리를 들으니, 그 집의 깊고 우중충한 것으로든지 무시무시한 것으로든지 마치 멋모르고 지옥 속에 기어들어온 것 같아서, 새삼스럽게 겁이 나기 시작하였습니다. 그러나 바깥일은 기호가 잘 맡아보려니 하고 믿고, 상호는 안쪽 손뼉 소리나는 그쪽으로 귀를 기울이면서 가만가만 한 걸음 한 걸음 더듬어 가 보았습니다.

기침 소리만 조금 나도 탈이 날 듯하여 숨을 죽이고, 엉금엉금 발을 떼어 놓는데, 그때에 언뜻 사람 소리가 났습니다.

'인제는 틀렸구나!'

쭈뼛하여 가랑이를 벌린 채 제웅 같이 우뚝 섰습니다. 고개도 까닥 못하고 섰노라니까, 저 등 뒤편에서 어떤 놈이 왔는지 대문을 두드리는 소리가 났습니다.

상호는 이제야 조금 제 정신을 차리고 마음이 놓였으나, 들어오는 놈이 어떤 놈인지 얼굴을 맞닥뜨려 가지고 어떻게 새삼스럽게 가슴이 뛰놀기 시작하였습니다.

똑똑 두드리는 것을 헤어보지는 않았으나, 물론 일곱 번을 쳤으려니 하고 상호는 사뿐사뿐히 걸어가서 덜컥덜컥 문을 열고 얼굴을 내밀고 보니까, 거기 키가 9척 같은 얼른 보기에도 중국 사람 같아 보이는 놈이 서서 상호 앞에 왼손 주먹을 내밀고 그 위에 오른손 두 손가락을 얹어 보이므로, 상호는 얼굴을 숙인 채 시치미를 뚝 떼고 문을 활짝 열고 그놈을 안으로 들였습니다.

그놈은 별로 눈치를 채지 못한 모양인지 그냥 뚜벅뚜벅 걸어서 어두운 구석을 큰 한길같이 안으로 들어가는지라, 상호는 문을 잠그는 것도 잊어버리고 대담하게 얼른 키 큰 놈의 뒤를 따라 뚜벅뚜벅 걸어 들어갔습니다.

그놈은 아무 의심도 안 하는지 의심하면서도 무슨 흉계로인지, 문지기(상호)가 뒤에 서서 들어가는 것을 태연히 알면서 아무 말 없이 그냥 걸어가고 상호는 어두운 속이라 뒤에 바짝 붙어서듯 따라 들어갔습니다.

무서운 죄악 내용

희미하게 불빛이 비치기는 하나마, 으슥하고 컴컴한 방을 셋이나 뚫고 지나서 또 아래로 내려가는 캄캄한 층계를 셋이나 더듬어 내려가니까, 바로 그 옆방에 모여 있는지 사람들의 소리가 귀 옆에서 들리는 것 같았습니다.

상호의 가슴은 덜컥 하였습니다. 그러나 여기까지 와서 도로 돌아설 재주도 없어서, 상호는 들키면 잡히고 잡히면 죽을 셈치고 그냥 따라 들어섰습니다.

앞에 선 키 큰 놈이 방문을 열고 들어서자 상호도 들어서 보았더니 거기는 마치 학교 교실 둘을 잇대어 놓은 것만큼 크고 넓은 방에 전등을 다섯 군데나 달리어 밝기가 낮 같은 데 무슨 회의인지 30여 명 되는 사람들이 저마다 걸상에 걸터앉아서 단장의 얼굴을 쳐다보고 있고, 아까까지 절름발이 짓을 하면서 걸어오던 능청스럽고도 흉악한 단장은 일어서서 한참 연설을 하고 있는 것이었습니다.

모여 앉은 사람 중에는 중국옷을 입은 사람이 10여 명 되고 나머지는 모두 양복을 입었는데, 그 중에는 단장의 마누라까지 합쳐서 여자가 다섯 사람있었습니다.

두 사람이 들어서자 단장의 연설이 뚝 그치고 무슨 호령이나 한 듯이 모든 사람의 얼굴과 눈이 일제히 두 사람에게로 쏠리었습니다. 어찌 되나 싶어서 상호의 가슴에서는 갑자기 두방망이질을 치는데, 키 큰 중국놈은 차려를 하고 서서 단장의 얼굴을 노려보면서, 체조하듯 힘을 들여 왼손 주먹에 오른 손 두 손가락을 얹고 섰는지라, 겁나는 중에도 상호는 그대로 흉내를 내고 섰습니다.

　한참이나 서로 마주 본 후에 단장이 고개를 끄덕하니까, 키 큰 놈은 이제야 한편 끝 걸상에 앉는지라 상호도 그대로 그의 옆 걸상에 앉았습니다. 모여 앉은 사람 중에는 단장의 신임을 받는 사무원이 너덧 사람 섞여 앉아 있는 모양이었으나, 상호가 코 밑에 수염을 붙이고 있고 77의 암호까지 익숙하게 하니까 먼 곳에 갔다 온 자기네 부하로 안 모양인지, 아무 딴 눈치 없이 단장의 연설은 계속되었습니다.

　"아까 말한 바와 같이 이번에는 조선 경성에 들렀을 때에 두 남매의 도망질 사건이 생겨서 잘못하면 우리들의 본색이 탄로되겠으므로, 얼른 경성을 떠나고 조선 땅 밖으로 나오는 것이 편하겠다 생각하고 부랴 부랴 짐을 거두어 가지고 도망해 오듯 온 것이오."

　상호는 그것이 자기 남매의 이야기인 것을 알고, 정신을 바짝 차리어 한마디도 빠뜨리지 않으려고 두 귀를 바짝 기울이고 앞으로 다가앉았습니다.

　"그런데 그 오라비란 놈은 이내 잡지 못하였고 누이동생만 잡아가지고 왔는데, 그러는 통에 곡마단 벌이도 못하였거니와 가지고 갔던 아편을 전부다 처치해 버리지 못하고 간신히 3분의 1밖에 못 치웠는데 그 수입이 1천 3백원! 나머지는 도로 가져왔고 또 조선 계집애 겨우 열세살 먹은 것 하나밖에는 걸리지 않아서 그것 하나만 숨겨 가지고 왔을 뿐이오. 그러니까 통틀어 말하면 이번 조선에 들렀던 일은 성공하지 못한 셈이오.

그러나 그것은 사정상 경성에서 도망해 오듯 급히 오느라고 그리된 것이니깐 하는 수 없는 일인 줄 아오. 그런 즉, 3분의 2 그냥 가지고 온 아편은 여기 있는 여러 사람이 활동하여 여기서 팔아야겠고, 새로 잡아온 조선 어린이는 나이가 열세 살이나 되고 인물이 제법 똑똑하니까 적어도 1백 50원 이상은 수입이 될 것 같소. 그런데 새로이 한마디 하여야 할 말은 다른 것이 아니라, 이번에 경성에서 저희 외삼촌을 만나서 도망한 것을 도로 잡아 가지고 온 나미꼬(순자의 일본 이름)는 이제는 암만 해도 오래 붙어 있을 리 없고 또 저희 오라비 놈이 자꾸 빼어 가려고 애를 쓸 것이니까, 곡마단에서는 한시바삐 그 애가 하는 재주를 다른 애에게 가르쳐 가지고 얼른 나미꼬를 팔아버리는 것이 상책이라고 생각하고 있소. 여러 사람도 그렇게 알고 있는 것이 좋겠고, 또 어느 때고 오라비 놈이 이곳까지 쫓아올는지도 모르는 것이니까, 여러 사람들은 각각 주의하는 것이 좋을 줄 아오."

이 놀라운 연설을 듣고 있는 상호는 얼굴이 핼쑥해 벌벌 떨며 앉아 있었습니다. 아아, 놀라운 비밀! 흉악한 죄상! 그놈들 칠칠단의 무서운 내용에 몸 서리치지 않을 수 없었습니다.

곡마단은 겉 문패에 지나지 목하고 아편을 가져다 넌지시 장사하고, 또 조선의 계집애를 꼬이거나 훔치거나 하여서는 중국 놈에게 팔아먹고……. 아아, 어떻게 중치를 하였으면 그 원수를 시원히 갚을 것이겠습니까? 상호의 가슴은 걷잡을 수 없이 떨리었습니다. 더구나, 나중에 이야기한 "순자를 잃어버리기 전에 미리 팔아넘겨 버리겠다." 는 말에 상호의 마음은 그냥 그 자리에서 소리를 지르고 미쳐 날뛸 것만 같았습니다.

그러나 이 자리에 순자가 보이지 아니하니 우선 순자를 어디다 어떻게 감춰 두었는지, 그것을 안 후에 할 일이라 억지로 억지로 진정을 하면서 상호는 힘써 눈치를 채려 하였습니다. 그러나 큰일 났습니다. 상호 옆에 앉았던 그 무섭고 징글징글한 키 큰 중국 놈이 다가오더니, 손목을 확 붙잡았습니다.

상호는 깜짝 놀라 이제는 죽었구나! 하고 가슴 속에 부르짖으면서도 그래도 어떻게 이놈을 또 속일까 하고 꾀를 내려 하였습니다. 그러나 일은 아주 틀렸습니다. 그때에 방문이 덜컥 열리더니, 천만뜻밖에도 진짜 문지기 놈(사지가 묶여 매어 길 밖 기호 군에게 붙들려 있을 놈)이 어떻게 살아 왔는지 얼굴을 수그리면서 황급히 뛰어 들어와 상호에게로 다가왔습니다.

"이제는 틀렸다!" 하고, 낙심이 될 때 상호의 핼쑥하던 얼굴은 목이 부러진 것같이 푹 수그러졌습니다.

이상한 보고

지옥 나라같이 무서운 칠칠단의 본굴 속에 들어와서 그들의 비밀회의에 참례해 앉은 것도 겁나기 짝이 없는 대담한 모험이거든, 별안간에 옆에 앉았던 중국 놈이 손목을 칵 잡고 달려들며 밖에서 두들겨 묶어서 기호에게 맡겨둔 문지기 놈까지 달려 들어와 놓았으니, 그때의 상호의 놀라운 가슴이 어떠하였겠습니까.

이제는 자기가 칠칠단원이 아닌 것이 드러날 것은 물론이요, 문간에서 문지기를 두들겨서 묶어 놓고 들어온 것까지 드러나고, 자기가 저놈들이 원수 같이 여기면서 찾고 있는 상호 당장인 것까지 들켜나게 되었으니, 뭇 고양이 떼에게 외로이 에워싸인 작은 쥐같이 되어 도저히 살아날 길이 없는 것을 알 때에 상호의 고개는 제꺽 부러진 것같이 그냥 폭 수그러졌습니다. 들키고 잡히고 묶이고 죽도록 두들겨 맞고 그럴 생각을 하면, 몸이 그냥 아스러지는 것 같았습니다.

그러나 어떻게 도피할 꾀가 없는 지라 '이제는 되는대로 되어라!' 하고, 상호는 아주 두 눈을 딱 감고 늘어져 버렸습니다. 문지가 단원이 황급히 뛰어 들어온 것을 보고, 단장은 물론이요, 30여 명 단원은 눈이 둥글하여 호령이나 내린 것처럼 일시에 우뚝 일어섰습니다. 그리고는 불안에 놀란 눈을 그의 한 몸으로만 쏘았습니다.

문지기는 상호의 옆에 우뚝서더니 두 팔을 번쩍 들었습니다. 들어서는 왼손은 주먹을 쥐고 오른손은 두 가락만 펴 들었습니다. 그리고는 팔과 팔을 ×표로 엇질렀습니다. 그렇게 하기를 두 번하고는, 곧 뛰어서 황급한 걸음으로 도로 나아가 쿵쿵쿵쿵 층계로 밖으로 나갔습니다. 그것은 분명히 무슨 급한 일을 보고하는 것 같았습니다.

　문지기가 그렇게 하고 나가자, 모든 단원의 얼굴은 더욱 놀란 짐승의 얼굴 같이 되었습니다.

　"준비를 하여라!" 하고, 단장의 무거운 소리가 내리자, 그들은 우수수 흩어져서 모자를 찾아 쓰는 놈, 단장을 찾아 잡는 놈, 호주머니에서 수염을 꺼내서 코에 붙이는 놈, 누렇고 커다란 안경을 꺼내 쓰는 놈, 제각각 저마다의 준비를 하느라고, 꽤 수선스러웠습니다. 그러나 입들은 꼭꼭 다물어 말 한 마디 하지 않고, 수족만 움직이면서 간혹 할 말이 있으면 가만가만한 소리로 남의 귀에 대고 말했습니다. 상호는 이 이상한 광경을 보자 조금 기운을 차렸습니다.

　그리고 당장 급한 경우를 면한 것을 더욱이 기뻐하였습니다. 그러나 그의 머리에는 갑자기 여러 가지로 이상한 생각이 서로 엉클어지게 되었습니다.

　첫째 어찌하여 문지기 놈이 자유로운 몸이 되었을까? 기호의 손에 묶이어 있을 그놈이 기호를 어떻게 해 놓고 들어왔을까 하는 궁금한 생각이요, 둘째는 여기까지 쫓아 들어온 그놈이 어찌하여 자기를 보고도 달려들어 여러 놈에게 이르지 않고 못 본 체하고 저의 할 보고만 하고 그냥 나갔을까 하는 생각이요, 셋째는 그놈이 들어와서 두팔을 들어 단장에게 보고를 할 때에 모르고 그랬는지 알고 그랬는지, 자기의 왼발 발등을 밟고 섰었던 것입니다.

　무슨일로 발등을 밟았을까……, 이런 여러 가지 궁금한 생각이 어지러운 물결같이 핑핑 돌 때에, 그때에 별안간에 방 한 구석 따르릉…… 하고, 초인종이 우는소리가 요란히 들렸습니다. 그 소리에 파랗게 질린 단원들이 눈이 동글하여 자리를 일어섰습니다.

땅속의 비밀 출입구

무슨 통지인지 종소리가 요란히 나자 단장도 눈이 동글하여 옆에 가져다 놓았던 모자를 집어쓰더니 지팡이를 짚고, "자아, 문간에 위험한 일이 생긴 모양이니 어서 빨리 뒷길로 헤어져 나아가도록 하라." 하고는, 말끝도 채 맺지도 못하고 자기의 등 뒤편에 있는 문을 열고 그리로 들어갔습니다.

단장의 뒤를 따라 30여 명 단원도 모두 한 번씩 방 속을 휘휘 둘러보면서 그리로 들어갔습니다. 맨 끝에 섰는 상호는 새삼스레 망설였습니다.

어느 곳으로 어째서 가는 것인지 영문도 모르고 따라가자니 어두운 그 속에 발을 내밀기가 무시무시하고, 아니 따라가자니 당장 무슨 위험스런 일을 닥뜨리고 있는 이 집에 혼자 있을 수도 없거니와 그놈들이 지금 어디로 가는지 따라가지 않으면 순자를 어디다 감추어 두었는지 알아낼 수도 없을 것이라, 여기까지 애쓰고 들어온 고생이 중도에 허사가 되고 말 것이었습니다.

'에라, 죽어도 한번 죽지, 별 수가 있겠니!'

'순자를 찾아야 한다. 순자의 있는 곳을 찾아내야 된다.'

가슴 속에 부르짖으면서 상호는 그들의 뒤를 따라섰습니다.

거기는 한 칸 통의 조그마한 방이었습니다. 광 속과 같이 물건, 궤짝, 깨어진 헌 책상, 못 쓰게 된 침대, 그 따위 물건들이 쓰레기 통 속같이 어지럽게 쌓여 있는데, 저편 맞은쪽 벽에 방장 같은 헌 휘장이 쳐 있고 그 휘장 뒷벽에 큰 구멍이 뚫려 있어서 그놈들은 차례차례 휘장을 들고 그 구멍 속으로 기어 나가고 있었습니다.

마음을 결단하고 뒤에 따라선 상호는 그 구멍이 무슨 구멍인지 그 구멍 앞에 무엇이 있는지 알지도 못하면서, 그들의 하는 대로 맨 나중에 휘장을 젖히고 캄캄한 구멍 속으로 고개와 허리를 꼬부리고 들어갔습니다.

"인제는 아무 급한 일이 있어도 우리는 안전하다."

"그럼, 이 구멍까지 나서기만 하면 그만이지." 하면서, 놈들은 마음 놓고 천천히 기어가고 있었습니다.

캄캄한 좁은 구멍은 한이 없이 길었습니다. 한참이나 기어가서 조금 널찍한 방 속 같은 헛간이 있기에 이제는 그 구멍이 끝났나 보다 하였더니, 거기서 한숨을 돌려 가지고 다시 또 계속하여 저편 쪽 구멍으로 기어가기 시작하였습니다.

아까 그 집 그 방이 땅속으로 층계를 셋이나 지나 내려가 삼층 밑 방 이었으니, 지금 이 길다란 구멍은 땅속으로 삼층이나 되게 깊은 곳에 이렇게 길게 뚫려 있는 것이라, 그리로 기어가면서도 속으로 상초는 놀라지 않을 수 없었습니다. 궐련을 두 개쯤은 피움직한 오랜 동안 캄캄한 기다란 구멍을 지나서 그들은 다시 전등 켠 밝은 방에 나섰습니다. 위험한 일이 닥뜨려 왔다는 급한 통지에 놀라 그들은 툭하면 이렇게 귀신도 모르는 땅속 길로 기어서 딴 동네로 옮겨오는 것이었습니다. 그러니 누구인들 그들의 이렇게 땅속 깊이 삼층이나 되게 깊은 곳에 깊을 내놓고 다니는 줄을 알 수 있겠습니까?

"다 왔느냐?" 하고, 단장이 거기 가서 물으니까, "예, 다 왔습니다." 하고 여러 놈이 대답하였습니다.

"자, 여기서는 한꺼번에 우르르 나가지 말고 둘씩 셋씩 동안을 띄어 슬금슬금 나가야 한다."

"예, 나가는 법도 다 잘들 압니다."

"자, 그러면 얼른 이 집 털보를 불러 오너라."

한 놈이 층계 위로 쿵쿵쿵 뛰어 올라가더니, 한참만에야 털보를 데리고 내려왔습니다. 털보는 단장을 보더니 허리를 굽실하면서, "별안간에 웬일이십니까? 또 무엇이 쳐들어왔습니까?" 하고 묻습니다.

"무엇이 왔는지 위험하다는 보고가 있고 나중에는 도망하라는 종소리까지 났으니까 무슨 큰 변이 나기는 나는 모양이지……. 그런데 이 집에는 위층이 어떻게 되었나? 아직 손님들이 많은가?"

"예, 아직 열한 시 조금 지났을 뿐이니까요. 술 먹는 손들이 세 팬지 네패인지 있습니다."

"그러면 다들 둘씩 셋씩 음식 먹고 나가는 것처럼 동안 동안 띄어서 헤어져 나가되, 나까무라하고 왕 서방하고 키다리하고 세 사람은 곧 여관으로 가서 순자를 데리고 이리로 와서, 광 옆의 방에 넣어 두고 털보와 함께 잘 지키고 있거라. 이런 위험한 일이 생기는 때는 암만해도 순자가 도망할까봐 염려다."

"예!"

여러 놈 틈에 끼어서 이 말을 듣는 상호의 귀는 쫑긋하였습니다. 순자! 순자! 순자라는 소리에 그의 가슴은 갑자기 뛰놀았습니다.

"자아, 그러면, 둘씩 셋씩 나가거라!"

단장의 명령에 단원은 흩어지기 시작하였습니다.

마굴을 빠져 나와

단원이 한 반쯤 나갔을 때에 상호는 중국 놈 한 사람과 짝을 지어 나가게 명령받았습니다. 될 수 있으면 순자를 데리러 가는 세 놈과 함께 나가 그들의 뒤를 따르려 하였으나, 그들은 세 사람이 한 패가 되어 나간 지 오래되었고, 그 후 곧 그 다음 차례에도 못 나가게 되고 한 사오십 분이나 떨어져서 이제야 중국 놈 한 놈과 나가게 명령이 내리니, 상호는 삼층이나 층계로 올라가면서 어찌해야 순자를 만나게 될꼬! 하고 그 생각만 하였습니다.

삼층이나 올라와 보니, 그제야 거기가 땅 위였습니다. 좁다란 복도를 지나고 조그만 방을 셋이나 지나서니까, 거기는 길가 널 따란 방이 술청으로 되어 십여 개 따로따로 떨어져 놓여 있는 식탁에 여기저기 서너명씩 손님이 둘러앉아서 술을 먹고 있었습니다.

이 흉악한 놈들의 곁으로는 이렇게 천연스럽게 요릿집을 꾸며서 장사를 하면서 속으로는 단원들의 소굴로 통하는 땅속 길을 파 놓고 드나 드는구나!

생각할 때에 상호는 새로이 무서운 것을 느끼었습니다. 그러나 지금의 상호는 순자를 만나는 것, 만나서 뺏어가지고 도망할 것 외에는 아무것도 생각하는 것이 없었습니다.

어쩌야 할꼬? 어쩌야 할꼬? 하면서 무심히 중국 놈의 뒤를 따라가는 상호는 앞서 나가던 중국 놈이 벌써 문 밖의 한길에까지 나갔건마는 고개를 숙이고 생각에 골몰하느라고 걸음걸이에는 정신이 없었습니다. 그때 별안간에 상호의 지나가는 옆에 상에 혼자 앉았던 손님이 한 발을 쑥 내밀자, 상호는 그 발에 걸리어 엎드러질 뻔하였습니다.

"앗, 이거 실례하였습니다."

앉았던 손님이 벌떡 일어나더니 사과의 말을 하면서 엎드러질 뻔한 상호의 손을 잡았습니다. 그리고 극히 작은 소리로, "나요, 나요." 하고, 급하게 속살거렸습니다. 상호가 보니까 천만 뜻밖에 그는 기호였습니다.

"웬일이오?" 하고, 기쁜 김에 손을 흔들며 물으니까, "앉으시오. 크게 말 말고 여기 앉으시오." 하고, 기호는 눈짓을 하여 상호를 그 식탁 앞에 앉히었습니다.

"이리로 그놈들이 도망을 하게 시킨 것은 내가 한 짓이요."

역시 작은 소리로 속살거렸습니다.

"응, 당신이 시킨 짓이라니?"

"아까 저쪽 집에서 문지기처럼 변장을 하고 들어갔던 것이 나야요. 그래 내가 눈치 채라고 당신의 발을 꼭 밟지 않았나요?"

"옳지, 옳지……. 나는 그 문지기가 왜 나한테 덤비지 않고 발등만 밟았을까 하고, 지금까지도 궁금히 여겼었지……."

"당신이 안으로 들어간 후에 나는 그놈을 묶어서 데리고 있는데 아무리 기다려도 당신이 도로 나오지를 않으므로 어떻게 염려하였는지 몰라요. 그러니 어떻게 소식을 알아보는 재주가 있어야지……. 당신이 혼자 그 속에 들어가서 붙들리기나 하였으면 당장에 생명이 위태할 듯싶어서 마음이 조비비듯하여 무슨 꾀를 생각하다 못하여, 주머니에 있던 돈 5원 짜리를 꺼내서 묶어 가지고 있는 문지기 놈에게 주고 살살 꾀었지요.

그러니까 그 놈이 원래 돈만 아는 중국 놈이라, 5원 짜리를 보더니 회가 동하는 모양이야. 묻는 대로 대답을 잘 합디다. 그래 문을 지키고 있다가 급한 일이 생기면 뛰어 들어가서, 두 팔을 엇갈라 질러서 보고하는 것과 그 다음에 정 급하면 초인종을 누르면, 다 땅속 길로 도망하는 법인 것도 다 배웠지요. 그래 그 땅속 길로 도망하면 이쪽의 요릿집으로 빠져 나오는 것까지 알고는 그놈과 옷을 바꾸어 입었지요. 그리고 회중전등을 켜 들고 얼굴을 대강 그놈처럼 꾸며 가지고 들어갔던 것이어요."

"참 잘 하였소이다. 그러지 않았더라면, 어찌 되었을지 모를 것을…….

그런데 우리가 여기서 이렇게 이야기해도 관계없나요?"

"아무 염려 마시오. 여기는 보통 요릿집으로 꾸민 것이니까 아무나 들어와서 술을 먹는 데니까요. 이야기를 크게만 하지 않으면 그만이야요."

"옳지, 옳지……."

"그래 변장을 하고 들어가 보니까, 꼭 붙들려서 고생을 당하는 줄 알았던 당신이 거기 무사히 앉아서 참례하고 있는 것을 보고, 우선 안심하고 위험하다는 보고만 얼른 하고 도로 뛰어나왔지요. 그래야지 거기 오래 있으면 서투르게 변장한 것이라 탄로가 날까 봐서요."

"밤이라 그런지 얼른 보고는 모르겠습디다."

"그래 나중에 초인종까지 눌러 놓고는 이제는 모두 땅속 길로 해서 요릿집으로 헤어져 나오려니 하고 다시 옷을 바꾸어 입고 이리로 뛰어 와서 술먹는 체하고 당신이 나오기를 기다리고 앉아있는 중이예요"

"참말 잘 하였소. 그런데, 그 정말 문지기 놈은 지금 어디 두었소?"

"그놈은 역시 묶어 놓은 채로 그 벽돌집 대문 안에 항상 제가 앉아 있는 문지기 자리에 눕혀 놓았지요."

"옷을 벗기고 나서, 다시 묶었구료?"

"그럼 어떡하나요! 고생스러워도 잠깐만 묶여 있으라고 했지요. 나중에 돈을 또 주마고 했지요."

상호는 기호가 항상 자기만큼 재주와 꾀가 적은 줄 알고 갑갑하게 여기다가, 오늘 그 일을 보고, 참말로 마음속에서 기뻐하였습니다. 그만하면 든든한 일꾼으로 믿을 수 있게 된 것이 제일 기뻤습니다.

"그런데, 순자 씨는 어찌 되었나요? 그 속에서 못 만나셨나요?" 하고, 이번에는 기호가 물었습니다.

"못 봤어요. 그런데 지금 저놈들이 순자를 여기다가 갖다가 감추어 둔다고 세 놈이 데리러 갔어요. 곧 올 것입니다."

"그럼 그놈들을 쫓아갈 걸 그랬습니다 그려."

"나도 그러려고 했는데 나오는 차례가 그렇게 되야지요. 그래 놓치고 만걸요."

"그러면 어떻게 할까요?"

"여기서 기다려 보지요. 이리로 데리러 올 것이니까."

"그렇지만 여기서는 만난다 해도 빼어 갈 수가 없을 테니까요. 까딱 하기만 하면 저쪽편 안에서 몇 명이 쏟아져 나올지도 모르니까요."

"그럼 어쩔까요? 큰 탈이로구려."

"여기서 만나면 빼앗지도 못하고 탈이어요."

"그러니 어쩌면……" 하다가 상호가 말을 뚝 그치고 벌떡 일어나 기호의 어깨를 꾹 찌르면서, "쉿!" 하였습니다. 기호는 그 소리에 깜짝 놀라서 고개를 돌이켜 상호가 보는 쪽을 보니까, 일은 벌써 닥뜨렸습니다.

한길로 난 문이 열리고 세 놈의 남자가 먼저 들어서는데, 그 뒤에 단장의 마누라가 순자를 데리고 따라 들어옵니다.

아아, 순자! 순자! 불쌍한 순자! 얼마나 두들겨 맞고 얼마나 고생을 하였지 병자같이 파랗게 마른 저 순자의 참혹한 얼굴! 두 사람의 눈에는 벌겋게 핏발이 서고 몸이 부르르 떨렸습니다. 그리고 상호의 눈에는 눈물이 솟았습니다.

나다! 상호다

실상은 칠칠단의 비밀한 소굴이면서, 겉으로는 뭇 손님을 드나들게 하는 간편 요리점! 무서운 요리점! 삼층 지하실까지 있는 이 마귀의 집속에 얼마나 악한이 엎드려 있는지 그것도 알 수 없거니와, 깊은 밤이건마는 대낮같이 휘황한 전등 밑에 이 상 저 상에 앉아서 술과 요리를 먹으며 앉아 있는 놈들도 어느 놈이 정말 손님인지 어느 놈이 악한 패들인지 몰라서, 생각만 하여도 몸이 떨리는 괴상한 요리점에 대담스럽게 앉아서 상호와 기호가 순자를 구해 낼 의논을 하는데, 그때 단장 마누라와 단원 세 놈이 불쌍하게 파리한 순자를 에워싸고, 요리점 앞문으로부터 들어왔습니다.

아아, 순자 순자! 불쌍한 순자! 얼마나 두들겨 맞고 얼마나 고생을 하였는지 병든 사람같이 파랗게 마른 저 순자의 얼굴! 두 사람은 눈에는 뻘겋게 핏발이 서고 몸이 부르르 떨렸습니다.

그 놈의 떼가 열 명인거나 백 명이거나 상관하지 말고, 와락와락 달려들어 번개같이 순자의 몸을 뺏어 가지고 총알같이 도망을 하였으면 얼마나 얼마나 좋겠습니까마는, 그러나 그것은 지금 경우에 꿈에도 바랄 수 없는 일이고, 섣불리 덤비었다가는 무슨 봉변을 하게 될지 모르는 터라 두 사람은 울렁거리는 가슴 떨리는 주먹을 그대로 쥐고 보고 서있는 수밖에 없었습니다. 일어서 있던 상호는 털썩 주저앉았습니다. 앉으면서 즉시로 주

머니에서 명함지 하나를 꺼내고 목에 걸린 줄에 매어 달린 연필로 급하게 참말 급하게,

나다. 상호다. 염려 말고 있거라.
오늘밤으로 기호씨와 함께 구하러 오마!

이렇게 휘갈겨 써서는 읽어 볼 사이도 없이 손아귀에 웅크려 쥐고 다시 일어섰습니다.
그 동안에 단장의 마누라는 순자를 데리고 요리조리 휘휘 둘러보면서 요리 점을 지나 안으로 들어가는 문 쪽으로 가다가, 털보 주인 영감과 인사를 하고 있었습니다. 마치 남 보기에 오래간만에 찾아오는 손님처럼 꾸미느라고 일부러 길다랗게 하는 인사였습니다.
상호는 갑자기 술이 무척 취한 걸음걸이로, "께흡, 으응 오늘은 몹시 취한다." 하고, 취한 소리로 중얼중얼거리면서 비틀비틀 단장 마누라 섰는 곳으로 갔습니다. 가서는 처음 발견한 듯이 물끄러미 그의 모가지와 등덜미를 들여다보다가, "흥. 참말 미인인걸. 우리 미인 나하고 인사 좀 합시다 그려, 께흡." 하면서, 엎어지는 것처럼 두 팔을 벌리고 단장 마누라를 안으려고 덤비었습니다.
"에그머니, 망측해라!"
일본말로 소리치면서 단장 마누라는 급히 몸을 피하였으나, 상호는 벌써 그의 왼편 손을 잡고 비틀비틀 순자의 앞에 쓰러져서 매달리게 되었습니다.

요릿집이라 이러한 술주정은 흔히 있는 터이니까 남들은 모두 그리 대단히 여기지 않고 재미있게 구경만 하고 있는데, 그 중에 주인 털보와 부하 세명만은 벌떡벌떡 일어서서 가깝게 다가섰습니다.

단장 부인의 몸에 여차하기만 하면 달려들려는 준비였습니다. 그러나 단장 마누라는 자기가 잡힌 손을 뿌리치기에만 애를 쓰느라고 상호의 뒷 손이 순자의 손과 마주 닿는 것을 보지 못하였고, 다른 부하 놈들은 단장 마누라의 몸에만 주의하고 섰느라고, 번개같이 빠른 그 동작을 보지 못하였습니다.

"술을 잡수면 혼자 얌전하게 잡숫지, 이게 무슨 실례의 짓이오?"

단장 마누라는 참다 참다 못하여 이렇게 제법 점잖게 꾸짖는 소리를 하고 잡힌 손을 뿌리쳤습니다. 그때는 벌써 순자의 손에 명함지를 쥐어 준 뒤라, 상호도 처음 정신을 차린 체하고 벌떡 일어서서, "아이구, 실례했습니다. 술이 취해서 요리점 보이인 줄 알고 그랬습니다."

능청스럽게 비틀거리면서 사죄 인사를 하고, 비틀비틀 자기 자리로 도로 돌아왔습니다. 와서는 기호의 넓적다리를 넌지시 꾹꾹 찔러 재촉해 가지고, 돈 몇 푼을 술값으로 내어 놓아 두고, 역시 비틀걸음으로 걸어 나아갔습니다.

귀신 같은 계책

바깥은 선선한 깊은 밤중이었습니다. 거의 새벽 가까운 밤중이었습니다.

　밖으로 나오자마자 상호는 기호에게, "나는 여기 서서 요릿집 속을 살피고 있을 터이니, 그 동안에 당신은 여관으로 가서 여관 밑층 주인의 방 앞에 매달린 그 새장을 떼어 가지고 속히오시오. 요릿집 문을 닫기 전에 속히 오셔야겠으니, 가다가 인력거라도 잡아타고 속히 갔다 오시오." 하였습니다. 기호 역시 상호의 계책을 얼마쯤은 짐작하는 터이고, 더구나 지금은 어물어물 시간을 지체할 때가 아니라, 두말없이 뛰어가서 인력거꾼을 깨워 일으켜 가지고 여관으로 달려갔습니다.

　기호를 보내놓고 상호는 그 요릿집 앞 어두운 벽 밑을 오락가락하면서 유리창을 들여다보고 있었습니다. 털보 주인이 두어 번 안으로 들어 갔다가는 즉시 다시 나오고 술 먹던 손님 중에는 한 패 세 사람이 나갔으나, 그 대신 또 새로운 패 세 사람 한패, 다섯 사람 한 패가 모두들 얼근히 취해 가지고 전후하여 새로 들어와 각각 자리를 잡아 가지고 앉아서 술을 먹는데, 세 사람 패의 상에서는 유성기를 갖다 놓고 요란한 중국 소리를 틀고 있었습니다. 대체 중국의 이 따위 간편 요릿집이란, 밤이 새도록 내처 문을 안 닫고 장사를 하는 모양이요, 손님들도 날이 새거나 해가 돋거나 마음 놓고 느긋이 먹는 것이 보통인 모양이었습니다.

　그러는 중에 어쩐 일인지 요릿집 저쪽으로부터 단장 마누라가 나오더니 거기서 술 먹고 앉았던 키다리 녀석을 데리고 밖으로 나아가 저편 어두운 길로 걸어갔습니다. 그러자 인력거가 뚜루루루 요릿집 앞에까지 와서 우뚝 섰습니다.

깜짝 놀라 돌아다보니까, 그는 기호였습니다. 돈을 달라는 대로 주어 인력거는 돌려보내고 기호는 상호에게 새장을 쥐어 주면서, "주인 녀석은 잠이 든 모양이더구먼. 하인 년이 자지 않고 있어서 물래 뛰어 오느라고 혼이 났었소." 하였습니다. "그랬겠지요. 자, 이제 또 들어갑시다." 하고, 상호는 기호를 앞세우고 새장을 든 채 또 요릿집으로 비틀거리면서 들어갔습니다.

"께흡! 암만해도 술이 덜 취해서 그냥 갈 수가 있습니까? 또 먹으러 왔지. 께흡!"

한편 상 아래에 쓰러지는 듯이 자리잡고 앉아서 술과 두어 접시의 요리를 청하여 먹으면서 상호는 자주 기호의 귀에다 대고 소근소근 비밀한 이야기를 한참이나 하였습니다.

시간이 늦어 갈수록 술기운이 온 방안에 넘쳐지는 것 같아서 손님들의 콧노래도 점점 높아지고, 유성기 소리도 점점 요란한 무도곡 같은 것이 돌아가기 시작하였습니다. 그러니까 술 먹다 일어서서 비틀비틀 하면서 유성기에 맞춰 무도를 한다고 떠드는 주정꾼도 생겼습니다. 그때였습니다. 상호는 넌지시 새장 문을 열어서 그 속에 있던 새를 한 마리 내놓았습니다. 노랗고 커다란 새 한 마리가 몹시도 시원하다는 듯이 요리점 천장으로 후루룩 날기 시작하였습니다.

상호와 기호는 실수하여 놓친 것처럼 꾸미느라고 벌떡벌떡 일어서서,

"에그머니, 에그머니."

"잡아라! 잡아라!"

떠들면서 이리저리 새를 쫓아다니기 시작하였습니다. 다른 술 먹는 패들은 '야, 이것 심심치 않은 구경이 생겼다' 고 곧 손뼉들을 치면서 바라보고 있었습니다.

그러나 그 새가 자기네의 앉은 머리 위로 날다가 전기 등을 건드려 놓아서 전등이 흔들거리고, 전등 위에 오래 오래 앉았던 숱한 먼지가 재 쏟아지듯이 요리 접시와 술잔 위에 쏟아졌습니다. 그러니까 그 밑에 웃고 앉았던 패들도 골이 나서 모두 일어서서 새를 잡으려고 쫓아다니기 시작하였습니다.

이번에는 새가 여러 사람에게 쫓겨 다니느라고 미쳐 날뛰느라고 이리저리 나르면서 똥을 찍찍 깔겼습니다. 그러니까 보이와 털보까지 쫓아와서 새를 잡으려고 총채를 들고, 혹은 비를 들고 쫓아다니기 시작하여 온통 수라장이 되었습니다. 유리창이나 문을 열어 놓았으면 그리로 새가 날아 나가고 아무 일도 없으련마는 아무도 그런 생각을 하는 사람이 없이 이리로 우르르 저리로 우르르 몰려다니느라고 '쿵쾅쾅 쿵쾅쾅!' 안에서 듣기에 바깥 요릿청에 난리가 난 것 같으므로 이상하게 생각하고 안에 있던 놈도 눈이 휘둥그레하여 쫓아 나왔습니다.

그 틈에 이렇게 되기를 기다리고 있던 상호는 안문을 열고 후닥닥 뛰어 들어갔습니다. 그러나 모든 사람이 새를 쫓아다니느라고 아무도 그것을 안 사람은 없었습니다. 한참이나 새를 잡느라고 소동하는 중에 몸이 날씬한 손님 하나가 모자를 벗어 들고 후려갈겨서 구석으로 몰아가지고 모자로 사뭇 눌러서 시원스럽게 잡았습니다.

쫓아다니던 모든 사람이 시원해 하면서 '휘' 하고 숨을 돌려 쉬었습니다.

"야, 요놈이 그렇게 여러 사람을 미치게 하였담!" 하면서, 잡은 새를 들여다보고 신기해하기도 하고 얄미워하기도 하다가 잃어버린 임자에게 주려고 임자를 찾았으나, 이상한 일인지 그들이 앉았던 상에는 새장과 음식 접시가 놓였을 뿐이고, 두 사람이 모두 그림자도 없었습니다. 기호는 상호가 안으로 들어간 것을 보고, 조금 후에 밖으로 사라져 나갔으니, 상호가 이 집안에서 순자를 구하면 삼층 밑 그 지하실로 도망하여 저편 동네 창고집으로 빠져나올 약속이므로, 자기는 바깥 한길로 돌아그 창고집에 가서 기다리고 있을 계책이었습니다. 그런 줄은 꿈에도 모르는 요릿집 놈들과 손님들은 '웬일일까, 웬일일까?' 하고, 이상해 하면서 새장을 가운데다 놓고 궁금한 짐작으로만 이러쿵저러쿵 이야기하고 있었습니다.

땅속의 비밀 길로

교묘한 계책으로 바깥을 수라장으로 만들어 놓고 그 틈을 타서 대담하게 마굴 속에 뛰어 들어간 상호는 들어서기는 하였으나, 갑자기 가슴이 울렁거리고 다리가 떨리는 것을 금하지 못하였습니다. 이 안에 아직도 몇 놈이나 있는지 모르겠고, 바깥에서 또 어느 때 우르르 쫓아 들어 올지도 모르는 노릇이 되어서 더욱 가슴이 울렁거렸습니다.

그러나 기왕 들어선 걸음이라 잡히면 잡히는 그때까지 해 보는 수밖에 없다고, 상호는 층계 아래로 허둥허둥 내려가면서 이 방 저 방 미친 사람같이 후딱후딱 들여다보면서 급한 소리로, "순자야, 순자야!" 하고, 불러 보았습니다. 마음은 조 비비듯 하면서 급급히 부르건마는 아무데서도 대답이 들리지 않았습니다.

상호는 점점 마음이 조 비비듯 하였습니다. 삼층 밑바닥에까지 내려가면서, "순자야, 순자야!" 불렀습니다. 삼층 밑 방 그 옆 방으로 가면, 저편 동네 창고 집으로 도망해 가는 땅 속 길이 있는 방인데, 거기서 한 번 더, "순자야, 순자야!" 하고 불렀습니다.

"앗!"

그때에 상호의 귀에 들린 것! 그것이 분명히, "예, 예." 하는 소리였습니다.

순자 역시 아까 뜻밖에 주정꾼이 손에 쥐어 주는 종이를 받아 두었다가 방에 들어와서 펴 보니, 반가운 오빠의 소식이라 오빠가 자기를 구하러 중국까지 쫓아와 준 것이 고맙기도 하였거니와, 오늘밤에 기호와 함께 구원하러 오겠다는 소리에 이때껏 잠을 안 자고 바깥 동정에 귀를 밝히고 있었던 것입니다. 어떻게도 반가운지 앞뒤 무서운 것 다 잊어버리고, 상호는 와락 그 방문으로 달려들었으나, 큰일이 났습니다. 방문은 꼭 잠겨 있습니다.

"방문이 잠겼다, 방문이 잠겼다!" 하고, 상호는 울상이 되어서 소리쳤습니다. 어디선지 사람 오는 발소리가 나는 듯 나는 듯하고, 가슴에서는 불덩이들이 춤을 추는 것 같은데, 원수의 문이 꼭 잠겨 있어서 까딱을 아니 하니 어찌합니까?

상호는 하도 급하여 발을 동동 구르면서 어디서 누가 쫓아오지나 않는가 귀를 밝히는데, 바로 그때 안으로부터 방문이 덜컥 열리었습니다. 그리고 그리로 순자가, "오빠!" 하고, 뛰어나왔습니다. 들여다보니 그 방 속에서 털보 주인의 중국 마누라가 방문을 안으로 잠그고 순자를 지키고 있었는데, 밤이 깊으니까 세상을 모르고 깊이 잠이 들어 있었으므로, 순자가 그의 주머니에서 열쇠를 꺼내어 열고 나온 것이었습니다.

상호와 순자는 인사고 무어고 여부가 없었습니다. 상호는 순자의 손을 잡고, "자, 어서 어서!" 하고, 잡아당기면서 그 방의 저편 방으로 데리고 갔습니다. 거기는 땅 속 길에 구멍이 뚫려 있으므로 상호는, "아무 염려 말고 내 뒤만 따라 오너라." 하고, 자기가 앞에서 휘장을 헤치고 좁다란 구멍으로 머리와 허리를 굽히고, 기어가기 시작하였습니다. 순자도 오빠를 따라가는 기쁨에 무서운 것도 괴로운 것도 다 모르고, 오빠의 뒤를 따라 부지런히 기어갔습니다.

퍽 어두운 캄캄한 구멍 길을 기어가면서, 상호의 가슴은 몹시도 두근 거렸습니다.

'지금쯤 일이 발각되어 뒤에서 쫓아오지나 않을까……. 혹시 기호더러 저쪽 창고 집 문 앞에 가서 기다리고 있으라고는 하였으나, 그 안에 창고집 속에 그놈의 패들이 모여 있다가 우리를 발견하면 어쩌나……'

겁은 자꾸 뒤를 이어 생겨서 가슴에 두방망이질은 그칠 줄을 모르는데 큰일 났습니다. 이 좁다란 땅속 길로 자기 남매가 기어 나가는 저편 안쪽에서 누구지 이리로 향하고 기어오는 소리가 들렸습니다.

멈칫 나가던 것을 중지하고 몸을 웅크린 상호는, 어두운 속에서도 머리가 아찔하고 온몸에 얼음물을 끼얹은 것같이 저리었습니다. 공교롭기도 하지요, 이 땅 속 길에서 머리를 맞부딪히게 되니, 이 노릇을 어찌 하겠습니까?

단장! 단장!

그렇지 않아도 뒤쪽에서 놈들이 쫓아올 것이 분명하고, 앞에는 그 창고에 칠칠단 놈들이 모여 있어서 야단이 날 듯하여 가슴이 두근거리는데, 삼층 밑 땅 속에 뚫린 좁다란 굴속으로 도망하는 터라, 달리 도망할 길이 없어서 그냥 순자를 데리고 기어 나가다가 뜻밖에 저쪽으로부터 오는 놈의 머리와 머리가 맞닥뜨리어 온몸이 오싹하였습니다.

'이제는 모든 것이 틀렸다!' 하고, 상호는 마음속으로 부르짖었습니다. 그러나 이렇게 급하게 된 때에도 제일 마음이 크기는 오직 순자뿐이었습니다. 상호는 움찔하면서 몸을 뒤로 웅크리고 뒤로 손을 내밀어 더듬어서 순자의 손을 꼭 쥐었습니다. 그 손은 몸과 함께 부들부들 떨리었습니다.

그때 별안간 얼굴 앞에 환하게 불이 켜졌습니다. 저쪽 놈이 불을 켠 것이었습니다. 이제는 꼭 죽었구나 생각하면서 얼굴을 들어 불빛에 저편을 보았습니다.

"앗!"

정말 큰일 났습니다. 거기 불을 들고, 눈을 부릅뜨고 있는 것은 다른 사람도 아닌 악마 같은 단장의 얼굴이었습니다.

"앗!"

상호의 입에서는 저절로 부르짖는 소리가 나왔습니다. 그리고는 정신도 잃어버릴 지경이었습니다.

"요놈아! 어서 이리 나오너라."

귀신같이 호령하면서, 한 손으로는 상호의 등덜미를 잡고 오던 쪽으로 도로 나갔습니다. 뒤에 따라오던 순자는 혼자 돌아서서 도망할 수도 없고, 어리둥절한 마음에도 이제는 죽더라도 오빠하고 같이 죽겠다고 끌려가는 오빠의 팔을 단단히 붙들고 따라 끌려 나갔습니다.

"요놈의 자식아, 어떻게 생겨서 그렇게 앙큼하냐? 조선에서 네가 도망을 하였으면 하였지, 계집애까지 빼어 가려고 여기까지 수염을 붙이고 쫓아와서 이렇게 대담한 짓을 해?" 하고, 칭칭 묶어 놓은 상호를 구둣발로 걷어차고는, 달려들어 코 밑에 만들어 붙인 수염을 잡아 뜯었습니다.

"요 앙큼한 놈의 자식! 어디 견디어 봐라!" 하고, 다시 발길로 걷어차서 단번에 쓰러뜨렸습니다. 굵은 줄에 묶인 채로 순자 옆에 쓰러진 상호 입에서는 시뻘건 피가 주르르 흘러내렸습니다. 구두에 채여 입술이 터진 것이었습니다. 그것을 보고 순자는 소리쳐 울었습니다.

"저놈 배 위에 7호 돌을 얹어 놔라!"

명령이 떨어지자 부하 두 놈은 큰 궤짝만한 돌덩이를 둘이서 억지로 들어다가 묶이어 신음하는 상호의 가슴과 배 위에 걸쳐 눌러 놓았습니다.

"내일 오정 때까지만 눌러 두어라. 그러면 저절로 죽을 것이다."

순자는 몸을 묶인 채 그냥 몸부림치면서 울었습니다. 잠시 후 단장은 부하에게 명령하여 순자를 층계 밑 구석방에 데려다가 가두어 놓게 한 후, 곡마단에서 말을 갈기는 길다린 채찍으로 후려갈기기 시작하였습니다.

그리운 고국으로

기호는 혼자서 발버둥질 치면서 이 창고 밖에서 안타까운 밤을 밝히었습니다.

맨 처음 요릿집 앞에서 상호와 헤어져서 곧 뛰어 창고집 앞으로 왔으나, 그때는 벌써 키 커다란 단장과 그 부하 아홉 사람이 무언지 쑥덕거리면서 창고 속으로 들어가는 판이었으므로, 기호는 깜짝 놀라, '아이! 이제는 큰일 났구나! 상호가 순자를 데리고 나올 텐데, 저놈들이 저렇게 많이 들어가니 상호와 순자는 독안에 든 쥐로구나!'

생각하고, 우선 골목 옆에 몸을 숨기었습니다. 쫓아 들어갈 재주도 없고 그냥 있을 수도 없고 지금쯤은 상호와 순자가 그놈들에게 붙잡혀서 고생을 당할 지도 모르겠다고 생각하니, 자기의 뼈가 깎이는 것 같았습니다. 생각다 생각다 못하여, '이러고 있을 때가 아니다.' 하고, 그 동안에 봉천 경찰서에 두 번이나 뛰어갔으나, 숙직하는 중국 순경 들은 덮어놓고, "내일 아침에 와, 내일 아침!" 할 뿐이었습니다.

마음은 조마조마하고 그 속에서는 지금 상호와 순자의 생명이 어찌 될는지 모르겠고 혼자서 미칠 듯이 날뛰는 기호는 그냥 그 집에 불이라도 놓아버리고 싶었습니다. 불이 나서 불을 끄느라고, 또는 도망해 가느라고 소란한 틈을 타서 상호와 순자를 구해 낼 수 있을는지도 모른다고 생각한 까닭이었습니다. 그러나 그 집은 창고같이 지은 벽돌집이니 성냥쯤 가지고는 도저히 어쩔 수가 없고, 또 벌써 날이 밝아서 오가는 사람이 점점 많아졌으니 그렇게도 할 수가 없었습니다.

이러지도 못하고 저러지도 못하고, 마음만 콩 튀듯 하던 기호는 무슨 생각을 하였는지, 그 길로 줄달음을 쳐서 허덕지덕 경찰서로 뛰어갔습니다.

경찰서로 갔던 기호는 금방 도로 되짚어 나와서 뛰기 시작하였습니다. 중국 경찰서도 믿을 수가 없으니, 이곳에 조선 사람들의 회가 있기만 하면 거기를 찾아갈 수밖에 없다고 생각하고, 곧 경찰서에 가서 조선 사람의 회가 어디 있는가를 알아가지고 나와, 조선 사람들을 찾아서 뛰어가는 판이었습니다.

아아 반가울손 그 간판! '한인협회' 라는 그 간판! 숨이 모자라 헐떡 거리면서도 그 간판을 볼 때에 기호의 눈에는 눈물이 핑 돌았습니다. 이른 아침이라 아침 밥 짓는 연기만 나는데, 뜰을 쓸고 있는 늙은 중국 사람에게, "회장 어른 계시오?" 하고 물으니까, 아아 어찌 반갑지 않겠습니까? 그이도 옷은 중국옷이나 말은 우리말로 대답하였습니다.

"지금 아침 운동하러 나가셨습니다. 곧 들어오실 터입니다. 왜

그러시오?"

 기호는 마당에서 왔다 갔다 하면서 그에게 여러 가지를 물었습니다. 이 곳 봉천에만 조선 사람이 1만 5천 명이 넘는다는 것과 이곳 회장은 나이는 50이지마는 마음과 기운은 젊은 청년보다도 낫다는 것과 부인도 없고 아들도 딸도 없이 외로운 몸으로 여기와 있는 조선 사람을 위하여 있는 힘을 다해 활동하는 분이라는 것을 자세히 들었습니다.

 뜰 쓰는 이와 하는 이야기가 끝나기 전에 늙으신 회장이 돌아왔습니다. 기호는 인사를 차근차근히 할 새도 없이 경성서 여기까지 온 이야기와 곡마단에서 자라난 상호라는 소년과 순자라는 소녀가 지금 생명이 위험하다고 이야기를 달음질하듯 하였습니다. 어찌 급한지 그 이야기를 하는 동안에 회장 어른의 두 눈이 이상하게 번쩍번쩍 빛나는 것을 못 보았습니다.

 "그래, 그 상호라는 아이와 순자라는 아이의 성이 김가가 아니오?"

 기호는 깜짝 놀랐습니다.

 "어떻게 아십니까? 김가입니다."

 "오! 내 아들이오! 내 딸이오."

 부르짖더니, 회장은 다시 잠잠히 입을 다물고 두 눈을 꼭 감고 한참동안이나 잠잠히 앉아서 무엇인지를 생각하더니, 벌떡 일어서면서 뜰 쓰는 이를 불러 몇 마디 말을 일렀습니다. 5분이 못 되어 양복 입은 청년 한 사람이 마당에 나서서 나팔을 크게 불기 시작하였습니다. 새벽 하늘에 멀리 멀리 울려 퍼지는 씩씩한 나팔 소리에 기호는 어찌 기운이 나는지 그냥 앉아 있지 못하고 벌떡 일어나서 그리로 뛰어나갔습니다. 5분이 못 되어 양복 또는 중국옷 입은 굵직굵직한 청년들이 둘씩 셋씩 눈이 휘둥그레서 모여들기 시작하였습니다.

"무슨 일입니까? 무슨 일이어요?" 하면서, 묻는 그 반가운 우리말들……. 기호는 기뻐서 미칠 것 같았습니다.

15분 동안에 모여든 사람이 벌써 1백 37명이나 되었습니다. 늙으신 회장은 높은 자리에 올라섰습니다.

"여러분, 오늘에야 내 아들 딸을 찾게 되었소이다. 그러나 그 애들은 다른 우리 조선 소녀들과 함께, 왜놈 광대패의 창고 속에서 목숨이 위험한 판이라오."

일동은 주먹을 쥐고 흔들면서 어서 가자고 소리쳤습니다. 그리고는 여러가지 약속을 정해 가지고 발소리도 가볍게 칠칠단의 소굴을 향하여 쏟아져 갔습니다. 기호의 안내로 저쪽 요릿집으로 50명이 들어가고 이쪽 창고로 10명이 들어가곤 17명은 밖에서 파수를 보면서 도망가는 놈을 잡아 묶는 한편, 돌멩이에 눌리어 숨이 금방 끊어질 듯한 상호와 천장에 매달린 채 새벽까지 두들겨 맞아서, 거의 기절해 쓰러졌던 순자를 구했습니다. 오뉘는 아버지의 품에 안겨서도 한참만에야 겨우 정신을 차렸습니다.

그날 온종일 수색한 결과, 모두 다 붙잡혀 묶인 칠칠단원이 49명인데, 그 중에 대항해 보겠다고 덤벼 보던 놈은 팔이 부러졌거나 허리가 꺾어져서 늘어졌습니다.

튕겨 나온 아편이 35궤짝, 감춰 두었던 피스톨 탄환이 두 궤짝, 조선서 훔쳐온 소녀가 세 사람……. 상호, 순자의 아버지이신 '한인 협회' 회장이 시키는 대로 칠칠단원을 달려온 중국 경찰 마차에 실어 보내고 여관 주인도 뒤미처 잡아가 버렸습니다.

"만세! 만세!" 기쁨을 다하여 부르는 우리말 만세 소리를 들으며, "잠깐 다녀오겠노라." 약속하고, 떠나는 회장과 상호와 순자와 기호와 그리고 세 소녀를 태운 기차는 고국을 향하여 먼 길을 떠났습니다.

동생을 차즈려

창호의 누이동생 순희가 별안간에 없어져서, 소동이 생긴 지도 벌써 이레째가 되었습니다.

어머니, 아주머니, 늙으신 할머니, 시집간 누나까지 모두 나서서 아는 집, 일갓집마다 찾아 헤매고 아버지, 아저씨와 외삼촌까지 길에서만 살면서 경찰서에 가서 찾아 달라고 수색 청원도 하고 별별 곳을 모두 돌아다니면서 아무리 찾기에 애를 썼으나, 벌써 이레째 되는 지금까지 아무 소식도 없어서 집안이 난리 난 집 같았습니다.

어느 도깨비 놈이 붙잡아 갔을 리도 없고, 어느 동무가 꾀어 갔을 리도 없고, 열한 살이나 먹은 영악한 소녀이니, 우물에 빠지거나 집을 잃을 리도 없는 것이건마는, 그래도 어머니, 할머니는 서울 장안의 우물이란 우물을 모두 가서 보았고, 학교에 같이 다니는 동무네 집도 하나도 빼지 아니하고 찾아가 보셨습니다.

학교 선생님의 말을 들으면, 순희는 그 날(목요일) 학교 당번이므로, 늦도록 반을 치우고, 해가 질 때에는 동무도 없이 혼자 집으로 갔다 합니다. 그러나 그 날부터 영영 순희는 집으로 돌아오지 아니한 것이었습니다. 동무네 집에도 안 가고, 일갓집에도 안 가고, 우물에도 안 빠지고, 죽은 소식도 없고, 경찰서에서도 찾지 못하고……. 대체 어리고 귀여운 순희가 어떻게 어디로 가고 말았는지 도무지 캄캄하여 아는 수가 없습니다.

늙으신 할머니와 어머니는 밤낮없이 눈물만 흘리고 계시고, 아버지와 아저씨는 온종일 찾아다니시다가 기진역진하여 술이 취해 가지고 돌아오시고, 집 안은 죽은 집보다도 더 이상하고 허술하고 들먹하였습다. 시시로 때때로 일갓집과 동넷집에서는,

"찾았습니까?"

"아직 못 찾으셨습니까?" 하고, 물으러 오고 집안사람들은 울고 있다가도 대문 소리만 삐걱하여도 일시에 귀가 번쩍 띄어, 내다보곤 하였습니다.

그러나 할머니보다도 어머니보다도 아무보다도 더 슬퍼하기는 창호였습니다. 순희보다는 세 살 위이므로 순희는 3학급에 다니고 창호는 6학급에 다니는데, 한 오뉘라도 남달리 귀엽게 굴면서 손목 잡고 한 학교에 다니던 터였습니다.

순희가 없어지던 첫날과 이튿날은 밥도 먹지 않고, 눈이 동그래서 동무의 집마다 선생님 댁마다 돌아다니며 찾아보았습니다. 이틀 사흘이 지나도 순희가 찾아지지 아니할 때에, 창호는 학교에서도 자꾸 울고만 싶었습니다. 상학 시간에도 선생님의 말씀은 조금도 귀에 들리지 아니하고, 골머리가 횡덩하면서 순희 얼굴이 책장 위에 어른어른할 뿐이었습니다. 그리고 그럴 적마다 두 눈에 눈물이 핑 돌았습니다.

동무들이, "네 동생이 없어졌다지?" 하거나, 선생님이, "여태껏

못 찾아서 어떡하니?" 하고, 걱정해주시는 소리를 들을 때에는 그만 소리쳐 울고 싶었습니다.

  창호는 집에 와서도 마루 끝에 어머니와 할머니가 울고 앉으신 것을 보고는 참다 못하여, 뒷마당으로 가서 혼자 자꾸 울었습니다. 그리고 그러한 설움은 마루 벽에 걸린 사진틀 속에 순희의 얼굴을 쳐다볼수록 더해지는 것이었습니다.

*

  여드레, 아흐레째 되어도 순희의 소식은 없었습니다. 찾아 헤매던 집안 식구는 모두 기진역진하여 쓰러지듯 하였습니다. 창호는 밤마다 밤마다 순희의 꿈을 꾸면서 얼굴까지 말라들었습니다. 열 하루째 되던 날 이른 아침때였습니다.

  "편지 받으우." 하는 소리에 뛰어나가니까, 누런 옷 입은 체전부가 가방을 메고 서서 공책장으로 장난하듯 만든 봉투에 연필로 김창호라고 쓰인 것을 주면서, "우표를 안 붙였으니까 벌금 6전을 주시오." 하였습니다.

  보니까 참말 우표가 붙지 아니하였습니다. 창호는 급히 들어와서 돈 6전을 어머니께 받아 내어다 주고, 그 이상한 편지를 받아 들고 뛰어 들어왔습니다.

  "에그머니! 이것 보게!" 하고, 소리쳤습니다. 모든 사람의 눈이 그 편지로 쏠리면서 가슴이 울렁울렁하였습니다.

  "순희가 쓴 편지야요."

"무엇? 순희가……."

"순희가?"

"순희가 어디서……." 하고, 모두 뛰어나왔습니다.

없어진지 열흘이나 지나도록 아무리 찾아도 소식이 없던 순희가 지금 어디서 편지를 썼을까…… 하는 의심과 궁금한 마음이 모든 사람의 가슴에 한결 같이 가득찬 것이었습니다.

창호는 울렁거리는 가슴 떨리는 손으로 이상한 편지 봉투를 곱게 곱게 뜯고, 속에 든 편지를 꺼내었습니다. 속에 든 것도 겉 봉투와 똑같이 공책 찢은 종이였습니다. 그것도 단 한 장의 연필 글씨로 몇 줄 안 되게 짤막하게 씌어 있었습니다.

"어서 읽어 보아라." 하고, 모두들 재촉하였습니다. 그러나 잠자코 속으로 내려 읽던 창호는 별안간에 얼굴비치 새파래지면서, "에그머니!" 하면서 편지를 스르르 떨구었습니다.

그것을 보고, 모든 사람은 가슴이 덜컥 내려앉았습니다.

"뭐냐? 어서 좀 크게 읽어라!"

"갑갑해 못 견디겠구나!" 하고, 몹시 조급해 하였습니다. 얼굴이 파랗게 질린 창호는, "큰일났어요!" 하고, 힘없이 말하고 다시 편지를 집어 들고 내리 읽었습니다. 할머니, 어머니, 아주머니, 모든 사람이 그것을 듣더니 일시에 "에그머니!" 소리를 쳤습니다.

*

종적을 모르게 없어진 지 오래 된 순희에게서 온 편지에는 참말로 몹시 놀라운 말이 씌어있었습니다.

 오빠, 나를 좀 속히 살려주시오. 나는 지금 여기가 어딘지 알 수도 없는 곳에 붙잡혀 갇혀 날마다 무서운 사람들에게 매를 맞고 있습니다. 처음에 붙잡히던 날에는 학교에서 반을 치우고 늦게야 정동 호젓한 길로 돌아오는데, 웬 기와집 앞에서 여인네가 나를 보고 '네가 김순희지! 네 동무가 아까부터 너하고 같이 간다고 우리 집에서 너를 기다리고 있으니, 잠깐 들어가서 같이 가려무나'하고 자꾸 들어오라 하기에 누가 기다리나 하고 들어가 보니까, 아는 사람은 하나도 없고 흉하게 생긴 사람들이 나를 꼭 붙잡아서 어두운 방에다 가두었어요. 암만 암만 소리를 질러 울어도 소용없었습니다.

 그리고 그 날 밤에 우리 집에 데려다 주마 하고 목도리로 내 눈을 싸매더니, 다시 보자기를 씌워 가지고 인력거를 탔는지 마차를 탔는지 지금 있는 이 집으로 옮겨 왔는데, 나는 눈을 싸매고 입을 가렸으니까 어느 길로 어떻게 왔는지, 이 집 대문이 어떻게 생겼는지도 모릅니다. 이 집 속은 큰 벽돌 집이어요. 무섭고 캄캄하고 흉한 냄새만 나는 집인데, 밤마다 청국 옷을 입고, 청국말을 배우라고 사납게 때려 줍니다. 인제 청국 구경을 시키려 청국으로 데려 간다구 그래요.

 청국으로 끌려가면 어떻게 합니까? 가기 전에 어떻게든지 아버지하고 찾아와서 살려주셔요. 몰래 몰래 공책을 뜯어서 이 편지를 써 가지고 뒷간에 가서 뒷간 담 너머로 내어 던질 터이니까, 누구든지 집어서 우체통에 넣어 주면 집으로 갈 터이니 제발 좀 속히 살려주시오.

어떻게 놀라지 않겠습니까? 그러지 않아도 청국 사람들이 우리나라 소녀들을 훔쳐다가 청국 옷을 입혀 가지고 청국에 가서 팔아 버린다는 사실이 신문에 자주 나게 되어, 어린 딸 가진 부모는 불안에 싸여 지내는 터인데, 이제 순희의 편지를 보면 분명히 그런 악당에게 붙들렸으니, 그 무지스럽고 흉악한 놈의 손에 끌리어, 오늘 청국으로 팔려 갈런지 내일 팔려 갈런지 알수 없는 일이었습니다.

할머니와 어머니는 다시 아무 말할 기운도 없이 정신 빠진 사람처럼 눈물에 젖은 눈을 멍하고 뜨고 계셨습니다. 아주머니는 그래도 어떻게 한시바삐 찾아볼 도리를 해야 않느냐고 안타까워하였습니다. 창호는 학교도 그만두고 그 길로 편지를 쥐고 경찰서로 뛰어갔습니다. 그러나 경찰에서도 그 편지만 으로는 찾기가 대단히 어렵다는 섭섭한 대답이었습니다.

되도록 조사는 해 보지마는 처음에 붙잡힌 집이 정동 기와집이라하니, 그런 집이 하나 둘 뿐이 아니고, 지금 잡혀 가 있다는 집은 동네부터 알 수 없으니, 이 넓은 장안에 어느 구석에 붙잡혀 있는지 알 수가 있느냐는 말이었습니다.

창호는 그 말을 들을 때 어찌도 답답한지 몰랐으나, 그러나 경찰서에서 나와 걸으면서 생각하니, 나는 그 편지뿐으로는 어찌할 도리가 없었습니다.

창호는 집으로 가지 아니하고 하도 답답하여 금화산으로 올라갔습니다. 산에서는 온 장안이 한눈에 내려다보았습니다. 그

한눈에 내려다보이는 장안 속 어느 곳에 지금 순희가 갇혀 고생하고 있을 생각을 하니까, 그 길로 뛰어 내려가서 집집을 모조리 뒤져보고 싶기까지 하였습니다.

'수상한 놈! 수상한 놈!' 하고, 창호는 혼자 입으로 자꾸 부르면서 발밑에 느런히 놓여 있는 서울 복판을 내려다보았습니다.

'오냐, 수상한 놈들이 많기는 아무래도 덕수궁 근방이렷다. 내가 오늘부터 근처를 돌아다니면서 탐지하면 된다!'

상호는 소리치면서 벌떡 일어섰습니다.

'곧 내려가자! 이러고 있는 동안에 그놈들이 순희를 데리고 청국으로 갈는지도 모른다.' 하면서, 겁 모르는 어린 몸에 기운이 뻗치어 급한 걸음으로 창호는 뛰어 내려갔습니다.

*

밤이었습니다. 캄캄한 밤중이었습니다. 개 한 마리 지나가지 않는 정동길, 우중충하게 서 있는 양옥집 그늘은 구렁같이 무서웠습니다.

바삭바삭 가는 신발 소리를 내면서 한 걸음 한 걸음 조심조심하여 귀를 기울이고 걷는 사람은 어리디 어린 창호 소년이었습니다. 동생을 생각하는 가엾은 결심 앞에는 아무 무서운 것도 없었습니다. 아무 겁도 내지 않았습니다.

11시인지 12시인지 깊고도 깊은 밤, 집에서는 할머니, 어머니, 아주머니와 아버지까지 울고 계시겠지……. 그리고 창호마저 돌아오지 않는다고 염려하고 계시겠지……. 그러나 이 깊은 밤에 어린 순희는 어느 구석에서 무지한 매를 맞고 있겠구나! 생각하면 창호의 마음은 울고 싶게 슬퍼지는 것이었습니다.

   세상이 모두 잠자는 이 깊은 밤에도 그는 온종일 이렇게 돌아다닌 피곤도 잊어버리고 눈을 샛별같이 더 빛낼 뿐이었습니다. 기어코 정동에서 아무것도 얻은 것이 없어서 창호는 대한문 앞 큰길을 건너서 공화당 뒤로 통하는 좁다란 길로 바삭바삭 귀를 기울이면서 걸어들어갔습니다.

   거기는 어떻게 좁은지 좌우 집 처마로 하늘을 가린 복도 같은 길이었는데 길바닥은 깨진 벽돌 조각으로 다져서 우툴두툴하였습니다. 어찌도 캄캄한지 지옥 속 같아서 손으로 앞을 더듬어 가면서, 한 걸음 한 걸음 바삭바삭 더듬어 나갔습니다. 그렇게 어두운 속으로 소리없이 더듬어 나가던 창호는 별안간에 범이나 구렁이를 밟은 것같이 멈칫하고, 내어 놓던 발을 들이키고 몸을 굽혔습니다.

   숨을 죽이고 창호는 귀를 기울였습니다. 어디서인지 캄캄한 어둠을 뚫고 가늘게 들려오는 소녀의 우는 소리! 그것은 훌쩍훌쩍 느껴 우는 것도 아니고, "아야야, 아야야!" 하면서, 누구에게인지 두들겨 맞는 소리였습니다. 창호의 몸은 떨렸습니다. 바늘 끝으로 가슴을 찌르는 것 같았습니다.

   '오오, 순희인가 보다!'

   창호의 피는 일시에 끓어올랐습니다. 벽을 부수어 헐고 대문을 박차고 그길로 소리가 나는 곳을 뛰어 들어가고 싶었습니다.

그러나 그것은 될 일이 아니고……. 먼저 그 울음소리가 어디서 나오는지 그것을 분명히 알아야 할 것이었습니다.

창호는 미리 가지고 온 성냥과 초를 꺼내서 불을 켜 들었습니다. 어두운 속에서 훤하게 불빛이 퍼졌습니다. 보니까, 거기는 집과 집 뒤가 마주 닿은 그 틈바구니였습니다. 창호는 헌 집에는 생각도 두지 않고, 남쪽 집에 주의하면서 불빛을 그리로 향하였습니다.

과연 울음소리는 아까보다도 더 크게 그 쪽에서 들려 나왔습니다. 창호는 쓰레기통 위에 올라가서 가까스로 발돋움을 하여 가지고 높은 담으로 기어 올랐습니다.

창호는 어린 생각에 아무 앞 걱정 없이 담에까지 올라가기는 하였으나, 올라가 놓고 나니 이러다가 나까지 들켜서 그놈들에게 붙들리면 어떻게 하나, 하는 걱정이 생겼습니다. 담에까지는 올라왔으나 이제 어떻게 할까 하고는 망설이는 판인데, 그때 별안간 담 이층 윗방에 불이 환하게 켜지면서 밑에서 사람의 발자취 소리가 저벅저벅 나더니, 차차 가까이 다가왔습니다.

창호는 큰일 났다! 생각하면서, 가졌던 불을 훅 꺼 버리고 숨을 죄이고 담 위에 엎드렸습니다.

*

캄캄한 깊은 밤, 청국 사람의 집 담 위에서 뜻밖의 사람의 발자취 소리에 엎드린 창호는 촛불을 껐으나 두 눈이 샛별같이 빛났습니다. 그리고 점점 가까이 오는 발자취 소리가 담 밖에서 나는지 또는 담 안에서 나는지, 그것을 알려고 귀를 기울였습니다.

발자취 소리는 분명히 담 안에서 나는 것이었습니다. 2층 윗방에서는 무슨 일로 지금까지 없던 불이 켜지고 저 발소리는 어떤 놈의 발자취 소리인지, 창호의 어린 가슴은 불안해 못 견디었습니다. 이윽고 좁고 어두운 뒷마당에 시꺼먼 키 큰 사람이 나타났습니다. 이렇게 담 위에 있다가 들키면 큰일 나련마는, 창호는 어두운 밤이니까 저쪽에서는 이쪽이 잘 보이지 아니할 것을 앎으로, 태평으로 엎드려 눈을 비비면서 주의해 내려다보았습니다. 뒷마당이래야 가까스로 사람하나 다닐 만하게 좁은 터이니, 자칫하면 창호의 숨 쉬는 소리라도 그에게 들릴 것만 같은 판이었습니다.

그래 창호는 담 위에서도 몸을 바깥 편으로 휘어붙이고 숨을 죽이고 보고 있었습니다. 그 청국 사람은 바로 자기의 손이 닿을 듯한 머리 위에서 창호가 숨어 있는 줄은 알지 못하고, 담 모퉁이 조그만 헛간으로 들어가더니 오줌을 누는 모양이었습니다.

'아하 순희가 편지를 써서 내던졌던 곳이 바로 저 뒷간인가 보구나······.'

생각하고, 창호는 분명히 순희가 이 집에 있는 것을 믿게 되어 뛰어 들어가서 순희를 구해내고 싶은 생각이 불같이 타올랐습니다. 그때 변소에 있던 키 큰사람이 나오자, 집 속에서는 또 사람들의 말소리가 들리면서 두어 사람의 뒤꼍으로 나왔습니다.

"고 계집애가 악지가 아주 무서운데······." 하는 것이 분명히 변소에서 나온 키큰 놈이 서투르게 조선말로 하는 소리였습니다.

"그저 밥을 굶기고 흠뻑 두들겨 주어야 해요. 배가 고프면 별 수가 있나요. 어른도 배가 고프면 항복을 하는데……" 하는 것은 분명히 여편네 목소리인데, 청국 여편네도 아니고 분명히 조선 여편네의 말소리였습니다.

창호는 순희에게서 왔던 편지를 생각하고, 지금 저 여편네가 처음 정동에서 순희를 꾀어 들어간 여편네로구나 생각하고, 그 길로 쫓아 내려가서 물고 뜯고 발길로 차고 흠씬 두들겨 주고 싶었으나, 그러나 지금은 아무래도 하는 수가 없어서 벌떡벌떡하는 가슴을 억지로 참아가면서 그냥 엎드린 채로 듣고 있었습니다.

"그럴 것이 없이 이제 저리로 보낼 날이 사흘 남았으니, 듣든 지 안 듣든지 보내 버려요. 보내기만 하면 그만이지……. 그리고 어서 또 다른 아이를 얻어 와야지……"

"얻어들이는 것이야 걱정 말고 저리로 보낼 때 돈이나 잘 받아 올 생각이나 하시오."

"아무렴, 잘 받고말고. 이번 애는 아주 예쁘게 생겼으니까, 돈을 더 받아야지……"

이렇게 놀라운 의논들을 주거니 받거니 하면서 그들은 다시 안으로 기어들어갔습니다.

창호는 지금 담 위에서 들은 여러 가지 말 중에도, '사흘만 있으면 저리로 보내야한다'는 말이 제일 가슴이 성큼하였습니다. 저리로 보낸다는 말은 청국으로 팔아 넘겨 버린다는 말이 확실하였습니다.

'사흘, 사흘, 사흘, 사흘!' 하고, 창호는 자꾸 되풀이해 중얼거렸습니다. 아무리 애를 쓴대도 사흘만 지나면 순희는 그만 청국을 팔려가 버리겠구나 생각하니 머리가 아뜩할 뿐이었습니다.

'오냐 사흘이 무어야? 오늘 지금 당장에 들어가자! 지금 당장에 구해내자.'

창호는 두 주먹을 부르르 떨면서 마음속을 부르짖었습니다.

*

청국 사람들도 잠이 들었는지 위층 방에도 불이 꺼진지 오래고, 집이란 집, 창이란 창에는 불빛이 조금도 없이 다만 땅 속같이 캄캄할 뿐이어서 그야말로 무서운 악마의 굴 속 같았습니다.

그러니, 그렇게 무섭고 고요한 속에서도 이따금 이따금 들려오는 것은 어린 소녀의 신음하는 소리였습니다. 무서운 병든 이의 앓는 소리같이 끙끙 앓는 소리였습니다. 그 불쌍한 소리가 이따금 들려 와서 담 위에 엎드려 있는 창호의 귀에 들릴 때 창호는 온몸에 소름이 쪽쪽 끼쳤습니다.

창호는 그만 앞뒤 생각을 할 새도 없이 쿵 소리도 안 내고 사뿐히 안으로 뛰어내렸습니다. 내려서는 담 밑에 몸을 움츠리고 귀를 기울여 누가 깨어 나오지나 않는가 주의하였습니다. 아무 소리도 나지 않는 것을 보고 창호는 뻗치는 기운에 우적우적 걸어서 아까 그들이 들어가던 문을 열고 양옥으로 지은 집 속으로 들어섰습니다.

집에서는 무엇인지 알 수도 없는 흉한 냄새만 코를 찌르는데, 어두워서 어디가 어딘지 알 수가 없으니까, 창호는 다시 촛불을 꺼내 켜 들었습니다.

보니까, 저 앞에 이층으로 가는 층계가 있고, 층계 밑은 광으로 쓰는 모양이고 층계 이쪽에는 부엌간이 있는데, 신음하는 불쌍한 소리는 더욱 똑똑히 바로 귀 옆에서 나는 것 같았습니다.

창호는 한 손으로 불빛을 가리고 아래층 여러 곳을 이 구석 저 구석 돌아다니면서 살펴보았습니다. 층계 저쪽 복도로 들어서서 이 방 저 방 기웃기웃하니까 어느 방에는 밀가루 부대만 가득 쌓였고, 또 어느 방에는 무엇이 들었는지 커다란 궤짝만 가득 쌓여 있었습니다. 그리로 복도가 꺾인 데로 휘어 돌아가니까, 다시 그곳은 부엌 뒤로 통하였고 부엌 뒤에 조그만 방이 있는데, 신음하는 소리는 그 방 속에서 나오는 모양이었습니다.

창호는 그냥 달려들어 방문을 열려 하였습니다. 그러나 방문은 꼭 잠겨서 까딱도 아니하였습니다. 창호는 안타깝게 굴면서,

"순희야, 순희야!" 하고, 나직이 부르며 문을 똑똑 두들겨 보았습니다. 그러나 안에서는 아무 대답도 없이 아주 죽게 된 사람의 신음같이 낑낑 앓는 소리만이 슬프게 날 뿐이었습니다. 창호는 견디다 못하여 조금 큰소리로, "순희야, 순희야, 나 왔다! 창호다, 창호야!" 하고, 연거푸 소리쳤습니다. 그러니까, 안에서는 앓는 소리가 뚝 그치고, "오빠요? 정말 오빠요?" 하였습니다.

"정말 나다, 네 편지 보고 찾아왔다!" 하면서, 창호는 기뻐서 뛰고 싶었으나, 그러나 큰일 났습니다. 문을 열수는 없는데 별안

간에 온 집안에 불이 환히 켜지면서, 저쪽 어디서인지 방문 열리는 소리와 사람이 지껄이는 소리가 나더니 복도로 달려오는 발자취 소리가 크게 나기 시작하였습니다.

*

　별안간에 온 집에 불이 켜지고 사람들이 쫓아오는 소리에 창호는 깜짝 놀라, "순희야, 순희야!" 부르던 소리를 그치고 눈이 둥그레져서 번개같이 돌아섰으나, 그러나 때는 이미 늦었습니다. 쿵쿵거리는 발자취 소리는 벌써 이 좁은 복도를 향하고 급히 뛰어오는 모양이었습니다.

　'이제는 나까지 붙잡히는구나!'

　생각하면서, 창호는 이러저리 피신할 곳을 찾았으나, 좁디 좁은 복도속이라 옴치고 뛸 수 없는 막다른 곳이었습니다. 그러는 중에 벌써 발자취는 가까이 와서 손에 몽둥이인지 무엇인지를 든 시꺼민 그림자가 복도에 나타나기 시작하였습니다. 이제는 별수없이 창호도 붙잡히게 되었습니다.

　그러나 방 속에서는 순희가 바깥 사정은 모르고 별안간 밖에서 오빠의 소리가 뚝 그친 것만 궁금하여 큰소리로, "오빠, 오빠! 갔소, 오빠!" 하고, 부르고 있었습니다.

　창호는 범의 입에 걸린 토끼같이 되어 어찌할 줄을 모르고 있는데, 기어이 검은 그림자는 몇 걸음 안 떨어지게 닥쳐왔습니다. 집히고 잡고 아차! 하는 눈 깜짝할 사이에 창호는 참말로 번갯

불같이 후딱하더니 뒤에 있는 요릿간 부엌문 속으로 쑥 들어가 버렸습니다. 창호가 있던 쪽은 캄캄하고 쫓아오는 놈 쪽은 밝았으므로 얼른 눈에 띄지 아니할 것을 알고 대담하게 부엌으로 뛰어 들어간 것입니다. 그러나 무슨 수가 있습니까? 쫓아온 놈은 순희가 갇혀 있는 방을 와서 보더니, 밖으로 잠긴 채 아무런 변화도 없는 걸 보고는, 이상해하면서 다시 그 뒤에 있는 부엌문을 열었습니다.

열고 보니 캄캄하므로, 그놈은 주머니를 후비적후비적 성냥을 꺼내서 드윽그어 들고 들어가서 휘휘 둘러보았습니다. 들창 한 개도 없는 그 부엌에 숨어 있는 창호는 당장에 잡히었을 것입니다. 그러나 그놈이 성냥불을 이리저리 두르면서 보아도 거기는 아무도 없었습니다. 청국 놈은 다시 성냥 한 개를 켜 가지고 부엌 한쪽 구석에 놓여 있는 물통까지 뚜껑을 열고 들여다 보았습니다. 그러나 물통 속에도 아무것도 없었습니다.

그때 만일 청국 놈이 성냥불을 높이 쳐들고 천장을 휘 둘러보았더라면, 창호는 잡힐 것이었습니다. 창호는 부엌 속으로 들어가서 거기 그냥 있다가는 금방 붙잡힐 것이 분명하므로, 문짝을 딛고 기어올라 문설주 위에 가로질러 있는 들보 같은 나무 위에 찰싹 붙어 엎드려 있었던 것입니다.

영리한 창호는 그놈이 사람을 찾노라고 여기저기 구석은 찾되, 이 위는 쳐다보지도 않으려니 하고 짐작하고 기어 올라가 숨기는 하였으나, 정작 밑에 그놈이 들어와서 성냥불을 쳐들 듯 할 때에는 금방 들키는 듯 들키는 듯해서, 그야말로 간이 바싹 오그

라들었습니다. 그러나 다행히 그놈은 위를 쳐다보지 아니하고, 그냥 나가 버렸습니다. 창호는 그제야 숨을 휘하고 시원하게 쉬고 소리없이 다시 기어 내려왔습니다.

내려와서 또 한참이나 숨을 죽이고, 밖에 사람의 기척이 없는 것을 살핀 후에, 부엌문을 열고 나가서 다시 순희가 갇혀 있는 방으로 가서 방문을 '똑똑똑똑' 두들겼습니다.

"순희야, 순희야!" 안에서도, "오빠요, 오빠요!" 하는, 소리가 들렸습니다.

"내가 지금 청국 놈에게 붙잡힐 뻔하였는데, 까딱 잘못하다가는 너를 구해내지도 못하고 나까지 붙잡힐 위험성이 있으니, 내가 집을 도로가서 만단 준비를 해 가지고 다시 올 때까지 아무 염려 말고 있거라!" 하였습니다.

"꼭 와요, 속히 와요." 하고, 애원하듯 하는 순희의 소리를 들으면서 가만가만히 사뿐사뿐 걸어서 무시무시하고 두근거리는 가슴을 억누르고 복도를 살그머니 돌아 처음 들어오던 뒷문을 향하여 기어나갔습니다.

뒷문을 소리 안 나도록 살그머니 열고 지옥을 나오는 듯 시원한 마음으로 한 발걸음 쑥 내딛는데, 와락 달려들어 창호의 손목을 휘잡으면서 "잡았다, 하하하!" 하고, 소리치는 놈이 있었습니다. 그 소리를 듣고 위층 아래층에서 '쿵쿵쿵쿵' 하며 쏟아져 나온 놈들은 모두 다 보기에도 징글징글하고, 몸에는 흉한 냄새가 나는 청국 놈들이고, 그 중에는 아까 처음 보던 여인네도 있었습니다.

솔개의 발톱에 채인 작은 새같이 창호는 그 무지한 놈의 손에 팔이 비틀리어 꼼짝도 못하고 고개를 푹 숙이고 죽이든지 살리든지 운명만 기다리는 수 밖에 없었습니다.

좁은 방에 끌려 들어가서 두 손을 묶이어 쓰러져 있는 어린 창호는 그 무지한 놈들의 발길에 차이고 몽둥이로 얻어맞고 꼬집히고 고개를 비틀리고, 심한 놈은 달려들어 한숨에 죽일 것처럼 손으로 창호의 모가지를 감아쥐고 그 길다란 손톱으로 목을 눌러서, 창호의 목에는 초승달같이 손톱 자국이 나고 거기서 피가 흐르기 시작하였습니다.

그래 그만 그 어리고 약한 창호의 몸은 헌 솜같이 늘어져서 흐늘흐늘하건마는, 그래도 그놈들이 묻는 말에는 이를 악물고 대답하지 않았습니다. 그러면 그럴수록 무지한 놈들은 더욱 사납게 두들기지마는, 창호는 낑낑 앓는 소리를 내면서 그래도 대답은 영영 하지 않았습니다.

놈들도 골이 머리끝까지 뻗쳐서, 기어코 창호의 손발을 매어서 천장에다 거꾸로 매달아 놓았습니다. 창호는 그만 피가 내리 쏠려서 얼굴이 새빨개지더니 몇 분이 못 지나서 다시 새파랗게 송장보다 더 무섭게 변하기 시작하였습니다. 그놈들은 그 어린 아이가 어찌하여 들어왔는지 그것보다도 어린 아이가 제의사로 들어왔을 것 같지 않으므로, 어느 누가 어떤 사람이 시켜서 들어왔는지 그것이 겁나고 궁금하여서 알려고 하는 것이었습니다. 그러나 이제 거꾸로 매달려서 파랗게 죽어가는 것을 보고 놈들도 겁이 나는지, 얼른 풀어 내려놓고 사지를 주무르기 시작하였습니다.

　한참이나 주물러서 가까스로 얼굴이 다시 피어나는 것을 보더니 들어다가 물건 두는 광 속에 갖다 넣어 놓고 광문을 걸어 잠가 버렸습니다. 그리고 저희들끼리 하는 말이, "그놈이 어찌 강한지 퍽 똑똑한 놈일세." 하니까, 조선 여편네는 그 말을 받아, "그놈이 사내아이라도 얼굴이 예쁘게 생겼으니, 그냥 두었다가 청국으로 팔아 넘겨 버립시다." 하였습니다.

*

　밤은 새로 2시나 되었는지 3시나 되었는지 새벽이 가까울 듯한데, 지옥 속같이 캄캄한 집, 물건 두는 창고 속에 갇힌 창호는 두들겨 맞는 몸이 물에 젖은 솜같이 늘어져 쓰러져서 앓는 소리조차 낑낑 저절로 나왔습니다.

　어깨는 칼에 찔린 것같이 아프고 머리는 땅속으로 자꾸자꾸 들어가는 것 같은데. 목과 가슴 앞이 근질근질하고 옷이 흔들릴 때마다 축축한 것을 느끼게 되니, 보지 않아도 목에서 피가 자꾸 흘러내리는 모양이었습니다.

　그러나 두 손 두 발이 묶여 있으니 몸 하나 까딱할 수 없고, 아픈 대로 괴로운 대로 그대로 쓰러져 신음하다가, 날이 밝으면 또 어떻게 참혹한 짓을 당할지 그때를 기다릴 밖에 없었습니다. 생각만 하여도 흉악하고 징글징글한 청국 놈들이 아침만 되면 또 와서 무지하게 두들기거나 어디로 팔아넘길 것이구나! 할 때에 창호는 무서워서 몸서리쳤습니다. 그러나, '그놈들이 어저께 밤에 사흘만 있으면 순희를 청국으로 보낸다 하였는데……. 지금은 나까지 이렇게 잡혀 있으니, 이렇게 내가 잡혀 고생하는 동안에 순희는 필경 청국으로 팔려가겠구나…….'

생각할 때에는 다른 아무 고통도 다 잊어버리고 몸이 묶인 대로 그냥으로라도 총알같이 뛰어 나가서 순희를 구원해 내고 싶었습니다.

'그렇다! 내가 이렇게 쓰러져 있을 때가 아니다. 순희가 팔려간다. 순희가 아주 팔려간다! 내가 이러고 있으면 불쌍한 순희는 누가 구원할터이냐?'

창호는 주먹을 불끈 쥐고 부르르 떨었습니다. 그러나 냄새나는 창고 속은 땅속같이 캄캄할 뿐이고, 눈에 아무것 하나 보이는 것도 없었습니다.

생각다 못하여 창호는 굼벵이같이 몸을 흔들어 벽 가깝게 가서 물구나무서듯 거꾸로 서서 두발로 벽을 더듬어 보았습니다. 그러니까 옆의 방과 붙은 벽에 조그만 유리창이 있는 모양이었습니다.

창호는 그것이 유리창인 것을 짐작하고 발뒤꿈치로 몹시 차서 깨뜨렸습니다.

'제꺽!' 하고, 깨어져서 와르르 하고 요란스럽게 떨어지면 그 소리에 청국 놈이 또깨어 오지 않을까 하는 염려가 가슴을 떨게 하였으나 창호는, '들키거나 말거나 해보아야지, 가만히 있을 때가 아니다'고 생각한 것이었습니다. 구두 뒤축으로 차니까.

'제꺽!' 하고, 유리는 깨어졌습니다. 와르르 하고 요란한 소리가 날 줄 알고 가슴이 섬뜩하였는데, 웬일인지 그리 요란한 소리가 나지 않았습니다.

'됐다!'

입 속으로 소리치면서 창호는 이번에는 발을 내리고 윗몸을 일으켜 벽을 붙어 안고 간신히 기어 일어서서 깨어진 유리창으로 옆의 방을 보니까, 거기는 밀가루 부대 같은 것이 잔뜩 쌓인 것이 허옇게 보였습니다.

창호는 묶인 채로 두 손을 들어 유리창의 유리 깨어진 흔적을 만져보니까, 깨어지고 남은 유리 몇 조각들은 창틀에 끼인 채로 칼날같이 남아 있었습니다.

'옳지, 인제 되었다!' 고, 창호는 두 손목을 꼭 묶인 것을 그 칼날 같은 유리날 위에 내밀어 대고 슬근슬근 톱질하듯이 문지르기 시작하였습니다.

기뻐하십시오! 창호의 두 손목을 묶은 굵은 끈을 유리날에 썰려서 한오라기 두 오라기 차츰차츰 차츰차츰 끊어져서 나중에 창호의 두 팔이 활짝 펴졌습니다.

온몸에 넘치는 기쁨과 새로운 원기에 북받쳐 창호는 급히 발을 묶은 끈을 자기 손으로 슬슬 풀어 끌러 내버리고, 아주 자유로운 몸이 되었습니다. 그래 한 걸음에 뛰어나가려 하였습니다. 그러나 문이 밖으로 걸려서 열리지 않았습니다.

'오냐, 몸이 풀렸으니까 걱정 없다. 여기서 새벽이 되기까지 기다리자.' 하고, 창호는 바로 문 뒤에 물건 궤짝 위에 걸터앉았습니다.

'어떻게 하면 묘하게 도망을 할까? 새벽이 되어 놈들이 먼저 문을 열고 들어오면 다시 잡혀서, 더 무서운 꼴을 당하겠구나……'

가지가지의 생각이 창호의 가슴에 휘돌았습니다. 그러나 그 때 벌써 알아챘었는지 문 박의 마루에 사람 소리가 나면서 발소리는 점점 가깝게 이리로 향해 왔습니다. 창호는 몸이 움찔해지면서 가슴이 두근거리기 시작하였습니다.

'들켰으니, 큰일 났구나!' 하고 생각이 그를 겁나게 한 것이었습니다. 아니나 다를까 발소리는 창고 문 앞에 뚝 그치더니, 덜컥덜컥 창고문을 열어서 안으로 쑥 밀고 무서운 청국 놈이 쑥 들어왔습니다. 창호는 안으로 열린 문 뒤에 찰싹 붙어 서서 숨도 못 쉬고 있습니다. 청국넘이 얼굴만 조금 돌이켜도 창호는 금시에 잡힐 것입니다. 창호의 가슴은 두근거리는 대로 벌럭벌럭하였습니다.

그러나 들어온 청국 놈은 손에 큰 양철통을 들고 들어와서 거기 창호가 있는지 무어가 있는지 알지도 못하는 양으로, 저편 구석에 있는 술통 같은 그릇 앞에 가서 허리를 구부리고 물건을 꺼내는 모양이었습니다. 실상은 샐녘이 되어 날이 밝아오므로, 아무보다도 먼저 음식 맡은 늙은 마누라와 젊은 사내놈이 일어나서 음식 마련하느라고 들어온 것이고, 어저께 밤일은 조금도 모르는 사람이었습니다.

창호는 그렇게 짐작하고는 살그머니 나서서 청국 놈이 돌아서서 물건 꺼내 담는 사이에 발소리 없이, 그러나 제비같이 빠르게 창고 문 밖으로 나섰습니다.

나서서는 겁이 나지마는 급한 걸음으로 복도 뒷문으로 가깝게 걸어가서 왈칵 열고 나갔습니다. 뒷문이 열리는 소리를 부엌에 있는 노파도 듣고 위층에서 자는 놈도 들었습니다. 그러나 부엌에서는 위층에 자는 주인이 변소에 가는 줄 알았고, 위층 방 속 이부자리 속에서는 하인들이 부엌에서 일은 하느라고 바쁜 줄만 알았습니다.

창호는 뒤도 돌아볼 사이 없이 뒷마당에서 변소 지붕으로 기어 올라가서, 거기서 다시 담으로 기어 올라 담에서 바깥 한길로 내려 뛰었습니다. 지옥에서 살아 나온 창호는 그제야 가슴을 버쩍 펴고 기운껏 숨을 내쉬었습니다. 그리고는 곧 조용한 새벽길로 경찰서로 달음질해 갔습니다.

*

화살같이 나르듯 하여 헐떡이는 걸음으로 창호가 경찰서에 들어섰을때 아직도 이른 새벽이라 경찰서는 휑하게 비어 있고 밤을 샌 당직 순사가 두세사람 모자도 안 쓰고 둘러앉아서 담배만 피우고 있었습니다.

창호는 들어서자마자 모자를 벗어 들고 숨찬 소리로 급급하게 온 뜻을 말하고 지금도 내 누이동생이 갇혀 있으니 나하고 같이 집으로 가시자고 졸랐다. 그러나 순사들은 한마디도 못 알아

들은 것 같이, "무어……. 네 동생이 청국 사람한테 잡혀서 어쨌단 말이냐?" 하고, 몹시 태평입니다.

창호는 그만 급한 마음에 귀가 '먹었느냐?' 고, 욕을 하고 싶었으나 꿀꺽꿀꺽 참으면서 다시 한 번 처음부터 자세자세 이야기하였습니다. 이야기를 듣고 순사들은 큰일 났다고 놀래 줄 줄로 창호는 생각하였더니 순사들은 '강아지 자동차에 치었다'는 일보다도 신기치 않게 듣는 모양이었습니다. 옛날이야기나 하는 것처럼, "흥! 청국 놈에게 잡혀갔으면 찾는 수 있나? 아주 잃어버렸지. 왜 요새 그런 일이 신문에도 자주 나는데 집에서 아이 감독을 잘 하지 않았어!" 하면서 옆에 책상에서 인찰지 한 장을 꺼내 놓고, "너희 집이 어디야." 하고, 한 가지 한 가지 물어 가면서 쓰고 있었습니다.

창호는 속이 조비비듯하여 급한 마음에 자기 집 주소와 성명과 순희의 이름과 나이와 생년월일과 다니는 학교 이름까지 모두 한입에 내리 외워 대버렸습니다. 그러니까 순사는 속으로 괘씸하게 생각하면서 고개를 돌려 꾸짖는 소리로, "이놈아, 내가 묻는 대로 한 가지씩만 대답해!" 하고, 다시 천천히 묻습니다.

창호는 그만 견디다 못하여 그냥 도로 뛰어나가려 하였습니다. 그러니 이제 도로 나간대야 별수가 없겠고 지금 이 경우에 경찰서의 힘을 빌지 않으면 도저히 그 무지한 청국 놈들을 어찌할 재주가 없겠으므로 그대로 참고서서 묻는 말을 대답하고 있었습니다. 그러노라니 머리에는 그 냄새나고 음충한 집과 그 집 놈들의 모양이 자꾸 나타나 보이고 부엌 뒷방 좁은 방 속에서

'오빠!오빠!' 하고 안타깝게 무르던 순희의 불쌍한 소리가 귀에 들리는 듯하여 가슴이 울렁거리고 눈에는 눈물이 핑 고였습니다. 묻고 쓰기를 마친 후에 순사의 하는 말,

"아직 새벽이어서 아무도 없으니까 지금은 어떻게 처리할 수가 없고 있다가 여덟 시가 되어야 주임과 여러분이 오실 터이니까 그때에 오너라!"

창호는 그 말을 듣고 몸이 그만 깊이 구렁 속에 빠져 들어가는 것 같았습니다. 8시! 8시! 지금 이러고 있는 동안에도 어린 순희가 또 무슨 고생을 당할는지 모르겠는데. 8시까지면 인제도 거의 세 시간은 기다려야 할 모양이니 앞이 캄캄한 것 같았습니다. 하는 수 없이 8시 아니라 18시까지라도 기다려서 경찰관을 동행해가지고 가리라 결정하였습니다. 그리고는 그 동안에라도 집에 얼른 갔다 오려면 갔다 올 수 있으나 그 안에 주임이 오기만 하면 그 길로 이야기를 하여 가지고 가려고 집에는 가지도 못하고 거거서 그냥 밥 한그릇을 사다 달라 하여 책상 뒤에 앉아서 설렁탕을 먹고 있었습니다.

*

바로 창호가 경찰서 아래층 책상 옆에 쭈그리고 밥을 먹을 때였습니다. 누구지 모르나 흰 두루마기 입은 이가 순사와 마주 서서 화가 나는 말소리로 아들이니 딸이니, 어저께니 그저께니 무어니 무어니 하고 요란하게 담화를 하므로, 누구인가 하고 밥그

릇을 내려놓고 고개를 들고 보니까, 아아, 그이는 여덟달이나 못 뵈온 듯한 반가운 아버지였습니다.

"아버지!" 하고, 소리치며 뛰어가서 덥석 안겼습니다.

어저께 저녁부터 밥 한 술 안 잡숫고, 창호까지 잃어버렸는가 하여 밤이 새도록 찾아다니다가, 찾지 못하고 수색 청원을 하러 왔던 아버지가 뜻밖에 경찰서에서 창호를 만났을 때 얼마나 놀랐겠습니까? 밤새도록 청국 놈의 집에 갇혀서 죽을 고생을 겪고 난 것을 알지 못하고, "집에도 오지 않고 어디서 밤을 새웠니?" 하고, 좋지 않은 말씀만 하시므로, 창호는 어젯밤부터 이제까지 혼자서 겪어온 일을 이야기하느라고, 어린 몸이 혼자 겪은 가지가지의 설움이 복받쳐 하소연처럼 눈물을 흘리고 목소리는 울음에 느끼었습니다. 이야기를 듣고 아버지는 눈물을 씻으면서,

"그래 순희가 살아 있기나 하니 다행이구나……. 집에서는 너까지 없어졌다고 난리가 났으니, 어서 집에나 잠깐 갔다 오자." 하면서, 창호의 손을 맞잡고 재촉하였습니다. 그러나 창호는 굳이 듣지 않고, "저는 여기서 주임이 들어오기를 기다릴 터이니 아버지께서 먼저 가셔서 아무 염려 마시라고 하십시오." 하였습니다.

조르다 못하여 아버지는 혼자 집으로 가신 후 8시가 채 되지 못해서 한 사람씩 모여 들어오는 경관들 중에 섞이어 주임도 들어왔습니다. 창호의 가슴 속은 콩 튀듯 하였습니다. 그러나 8시를 친 후에 그들이 아침에 모여서 하는 일을 마친 후에야 그제야 들어오라고 부르므로 창호는 2층으로 올라가서 고등계라는 주

임에게 자상히 이야기를 하였습니다. 고등계에서는 밑층에 있던 순사와 달리 순희의 일을 잘 기억하고 있었습니다.

  청국 놈의 집 근처에 있는 순사 파출소로 몇 번인지 전화가 오고가고 한 후에야 정복 순사 두 사람, 사복형사 세 사람 다섯 사람의 경관이 창호의 뒤를 따라 나설 때에는 9시를 치고도 10분이 지난 후였습니다. 창호의 가슴은 뛰놀았습니다.

  경관들을 동행하여 경찰서 문을 나섰을 때 멀리서, "창호야, 창호야!" 하고, 부르는 부인네 소리가 나므로, 보니까 길 저편으로부터 아버지, 아저씨, 외삼촌, 어머니, 누님, 먼 곳에 사는 아주머니까지 어린애 업은 행랑어멈까지 한데 몰려서 급한 걸음으로 오는 것이 보였습니다.

  아아, 설움과 눈물에 싸인 식구들, 그들은 얼마나 밤새도록 창호를 찾느라고 애를 태웠겠습니까? 한길에서 미친 사람들같이 남부끄러운 것도 잊어버리고, "창호야, 창호야." 하고, 환호의 소리를 치는 것까지 울음에 섞인 소리라, 창호는 온몸에 소름이 쪽 끼치고 두 눈에 눈물이 펑펑 쏟아졌습니다.

  길에서 한참 동안이나 지체를 한 후, 가까스로 여인네들을 달래어 돌려보내고, 아버지, 아저씨, 외삼촌만 참례하여 일행 아홉 사람이 청국 놈의 집에 이르렀습니다.

  먼저 뒤로 돌아 창호가 맨 처음 뛰어 넘어가던 담 밑에 사복 순사 두 사람을 세워 놓고, 앞으로 돌아 대문 앞 골목 옆에서 순사 한 사람과 창호의 외삼촌이 지키고 있게 하고, 그리고 들어가서 주인을 찾아내었습니다. 그러나 이상한 일은 집은 분명히 그 집인데, 나온 주인(청국인)과 하인들은 한 사람도 창호가 밤에 보던 사람이 없었습니다. 그리고 물론, 묻는 말은 모조리 '우리는 모른다' 고만 딱 잡아떼었습니다.

순사들은 차차 의아해하였습니다. 혼자 창호의 가슴은 이상한 불안감 느낌에 싸여서 가슴이 두근거리기 시작하였습니다.

"아닙니다, 아녀요. 분명히 이 집에 순희가 갇혀 있으니 들어가서 뒤져 보아야 해요." 하고, 창호는 열에 뜬 사람처럼 떠들어대면서 순사들을 재촉하였습니다.

안 된다고 고집하던 것을 우겨대고 경찰된 두 사람과 창호와 창호의 아버지, 아저씨는 안으로 쑥쑥 들어가 이 방 저 방을 뒤지기 시작하였습니다.

창호는 그 중 앞장을 서서 복도를 돌아가면서, "여기 이 방이야요. 내가 갇혔던 방이야요." 하고, 지나가서 부엌 뒤에 순희의 갇혀 있는 방을 향해 가면서 주임을 돌아보고, "이 방이야요. 이 방이야요. 이 방문 열라고 하세요." 하고, 소리치고 나서 큰소리로, "순희야, 순희야! 나 왔다!" 주먹으로 방문을 두들기니까 웬일인지 꼭 잠겨 있을 문이 저절로 스스로 열렸습니다.

가슴이 섬큼하여, "순희야!" 하고, 다시 한번 부르면서 쑥 들어가니까, 거기는 아무것도 없이 석탄 조금과 진흙 두어 삼태기와 삽이 몇 개 있을 뿐이고, 순희는 커녕 그림자도 보이지 아니하였습니다. 여러 사람들의 가슴에는 다같이 '공연한 어린애의 말을 믿었다가 망신하나 보다,' 하는 생각이 들고 창호만이 눈앞이 캄캄하였습니다. 그러나 낙심하고 있을 때가 아니었습니다.

"다른 방, 다른 방을 모조리 뒤져요. 궤짝 속 굴뚝 속까지 뒤져요!" 하고 소리쳤습니다. 이왕 왔던 길이라, 그냥 갈 수도 없어서, 모두들 손을 나누어 방이란 방, 구석이란 구석, 궤짝 속마다 굴뚝 속마다 변소 구멍까지 바늘 찾듯 찾았습니다. 그러나 종시 쥐 한마리도 찾아내지 못하였습니다.

순사가 주인을 보고 공연히 잘못 알고 집안을 요란하게 하였다고 미안한 인사를 하는 동안에, 창호는 밖으로 뛰어나가 지키고 있던 순사에게 아무도 나가는 걸 못 보았느냐고 물었습니다. 그러나 아무도 나간 사람이 없다는 대답이었습니다. 다시 뒷담으로 가서 물어 봐도 그리로도 담 넘어 간 사람은 없었다고 합니다.

큰일 났습니다. 벌써 그놈들은 새벽에 창호가 도망친 것을 알고, 뒤가 겁나서 순희와 식구를 달리 숨기고, 아주 딴 집같이 딴 사람들만이 집을 지키고 있어서 물어야 알 곳이 없고, 보아야 눈치를 채일 곳이 없으니, 장차 어찌하여야 순희를 구할지 앞이 막막하였습니다.

쩍쩍 입맛을 다시면서 터벅터벅 순사, 아버지, 아저씨들과 함께 돌아 오는 길에 창호는 언뜻! 이 집 대문 옆 쓰레기통 앞으로 와락 뛰어가서 조그만 종잇조각을 집었습니다.

창호의 샛별 같은 눈! 그것은 찢어진 전보용지 조각인 걸 본 까닭이었습니다. 집어 보니까 과연 전보를 쓰다가 버린 것인데. 거기에는 '금야 급행 경성 발(今夜急行京城發)'이라고 씌어 있었습니다.

'옳다. 오늘밤차로 청국으로 데려가는 것이 분명하다.' 하고,

입 속으로 부르짖으면서 순사들과 또 어른들에게 가는 소리로 의논하여 오늘 낮부터 미리 나가서 정거장 목목을 지키고 기다리기로 하였습니다. 이제는 오늘 밤에는 그놈들이 순희를 데리고 기차에 올라타려 할 때, 움켜 잡고 순희를 찾을 생각을 하니 창호와 또 아버지와 아저씨들의 가슴은 새삼스럽게 뛰놀았습니다.

*

'금야 급행 경성 발(今夜急行京城發)'

전보용지에 쓰인 것을 몇 번이나 입 속으로 중얼거리면서, 창호는 무엇에 쫓기는 사람처럼 두근두근하면서 기차 시간표를 보고 보고 하였습니다.

경성을 떠나 중국 봉천을 향하는 급행차로는 저녁 7시 20분에 특별급행차가 있고, 10시 50분에 떠나는 보통 급행차가 있습니다.

저녁 7시 20분과 밤 10시 50분 그때까지에는 아직도 7,8시간이나 남아 있었으나 마음을 졸이고 있는 창호는 지금 이 길로 바로 정거장으로 나아가 지키고 있자고 주장하였습니다. 그러나 경찰서 사람은 그렇게 호락호락하게 듣지 아니하였습니다. 첫째 그 전보지에 씌어 있는 것이 쓰레기통에서 얻은 것이니 분명히 순희를 데리고 간다는 것인지 아닌지 그것이 분명치 못한 일이고, 기차 시간도 이따가 저녁 일곱 시인즉 지금 오정도 치기 전부터 나갈 것이 없은즉, 지금은 정거장 앞에 순사에게 주의하라고 전화로 일러두고 이따 5시쯤 지나서 형사순사 세 사람을 내어 보내겠다, 하는 말이었습니다.

  창호와 창호의 아버지는 낙심이 되어서 지금부터 같이 나가 지켜 주기를 애걸애걸하였으나 그들은 들은 체도 하지 않고 또 억지로 어찌하는 수도 없었습니다. 하는 수 없이 자기네들끼리만 돌아서서 정거장을 향할 때에 어린 창호의 눈에는 눈물이 흘렀습니다.

  여러 날의 고생과 피곤은 사실 어린 몸에 너무도 지나친 고생이었지만, 이제 정거장에서 설사 순희를 데리고 도망하는 청국 놈들을 붙잡는다 하더라도 어떻게 할 힘이 부족한 것을 생각할 때에 어린 창호는 이 세상이 너무도 야속한 것을 느끼었습니다.

  정거장에 이르렀습니다. 낮의 정거장은 퍽 한산하고 쓸쓸하였습니다. 창호는 아버지와 외삼촌 두 분으로 하여금 정거장 목을 지키게 하였으나, 그러나 모두 늙어가시는 어른들이라 미덥지가 못하였습니다. 여기서 기차가 떠날 때 복잡한 사람 중에서 그놈들을 만나 싸울 생각을 하니, 가슴은 점점 더 두근거려 오고 눈은 샛별같이 빛나오지만, 정작 그놈들을 만나면 어떻게 싸워서 순희를 빼앗을까 생각할 때에 가슴이 답답하였습니다.

  사실 이대로 있다가는 그들을 만난다 하여도 도리어 뻔히 보면서 놓쳐 버릴 염려밖에 다른 수가 없을 것 같았습니다. '오냐, 학교로 전화를 하자!' 하고, 창호는 소리치며, 정거장 밖으로 뛰어나가 자동 전화를 찾아가서 학교로 전화를 걸었습니다.

사랑해 주시는 선생님과 걱정해 주는 동무들을 만나지 못한 지 벌써 여러 날, 이제 전화로나마 학교에 소식을 전하게 되니, 갑자기 시골에 있던 어린 색시가 본가에 돌아온 것 같은 기쁨이 가슴을 뻐근하게 하였습니다.

"아, 최 선생님 좀 여쭈어 주세요. 급한 일입니다. 네, 네, 최 선생님이십니까? 저는 창호올시다. 예, 창호올시다."

사랑하시는 주임 선생님은 창호라는 말을 듣고 깜짝 놀라는 모양이었습니다. 그리고 죽었던 동생이나 조카나 만난 것처럼 기껍고 반가워서 어쩔 줄을 몰라하는 기색이었습니다.

"창호냐? 정말 창호냐?" 하고, 되짚어 묻는 소리를 들을 때 창호의 가슴은 메어 뻐개지는 것 같고 눈물이 펑펑 쏟아졌습니다. 직접 만난 것 같으면 선생님의 무릎에 얼굴을 파묻고 소리쳐 울고 싶었습니다.

"선생님, 학교에 못 가는 그 동안에 몇 번이나 죽을 고생을 하였습니다. 그런데 지금은 순희가 갇혀 있는 곳과 또 그놈들이 오늘 저녁 급행차로 도망하는 걸 탐지해 알고, 지금 남대문 정거장에 나와서 지키고 있습니다. 네네, 그런데 경찰서에서는 나오기는 나올 터인데 저녁에 나온다고 지금은 아무도 없습니다."

허둥허둥하는 소리도 뒤끝은 거의 울음 소리였습니다. 저쪽에서도 선생님은 몹시 걱정하시는 눈치였습니다.

"선생님, 고만 그치겠습니다. 우리 반 동무들에게도 제가 잘 살아 있다고 일러 주세요. 네,네, 안녕히 계십시오."

전화를 끊고 나니 정작 하려던 말은 잊어버린 것 같았으나, 그냥 그길로 다시 정거장으로 뛰어갔습니다.

*

  점심때의 정거장은 몹시 한산하였습니다. 푸른 모자 쓴 역부 두 사람이 대합실에 앉아서 낮잠을 잘 뿐이고, 심심하기가 그지없었습니다. 그러나 점심 때가 지나고 오후2시가 지나니까 정거장에는 차차로 사람이 모여들고 부산해지기 시작하였습니다. 남녀 학생, 갓 쓴 늙은이, 양복쟁이 신사, 촌색시, 신여성, 그런 사람들 틈에는 간간이 보기에도 징그러운 생각이 나는 청국놈들이 누더기 잘 이은 이부자리를 짊어지고 차표를 사는 것도 보이기 시작하였습니다.

  창호는 그런 사람들을 볼 때마다 그놈들이나 아닌가 하여 가슴이 섬큼섬큼하였습니다. 차차로 정거장 안은 더욱 더욱 복잡하여져서, 여간 하여서는 아는 사람도 찾기 어렵게 되었습니다. 수상한 놈들의 수효도 차차 늘어가기 시작하였습니다.

  창호의 가슴은 겁을 먹어 방망이질 치듯 두근거렸습니다. 그놈들 청국 놈이 지금이라도 오는 듯 오는 듯싶은데, 이런 때 경찰서에서라도 나와 주어야지 우리끼리만 있다가 맞닥뜨리면 어떻게 하나 하여 얼굴이 누렇게 되고 정신이 아득한 것 같았습니다. 그때 언뜻 창호의 눈에 비추인 것! 창호는, "오!" 소리를 하면서, 그 많은 사람의 사이를 헤치고 제비같이 뛰어나갔습니다.

  아아, 반가워라! 감사해라! 뜻도 하지 아니한 최 선생님이 머리 굵은 학생 10여명을 데리고 경관이나 군대의 일대(一隊)처럼 급한 걸음으로 정거장 안을 향하여 들어오지 않습니까!

거룩한 일이었습니다. 말할 수 없이 거룩한 일이었습니다. 창호는 기쁜지 감사한지 어찌할 길을 모르고 그의 전신의 피가 내어 뻗쳐 나올 것 같이 끓어오를 뿐이었습니다.

"아, 창호야!"

그를 보자마자 일제히 부르며 달려드는 그들의 창호의 예쁘던 얼굴이 몹시 상한 것을 보면서 그이 마른 손목을 잡을 때에는 모두가 손이 떨리면서 눈물이 글썽글썽하였습니다.

"하학종을 치자마자 교장에게 이야기도 아니하고 넌즈시 왔다." 하는, 최 선생님의 말씀은 깊이 없고 한이 없는 힘과 감격을 느끼게 하였습니다.

최 선생님은 물론이고 십여 명 추리고 추린 민활한 학생이 한 사람도 순희의 얼굴을 모르는 사람이 없었고, 또 오기 전에 최 선생님에게 여러 가지로 탐색하는 방법까지 자상히 듣고 물 부어 샐 틈 없이 짜여 가지고 온지라, 1조, 2조, 3조로 나뉘어 그 넓은 정거장 구석구석과 모퉁이 모퉁이를 지키고 있으면서 이상한 청국인을 주목하기로 하였습니다. 그리고 각각 미리 사 가지고 온 호각을 손에 쥐고, 여차할 때 불면 일시에 그리로 모여 달려들기까지 약속이 작정되었습니다.

다행! 이리하여 그 넓은 정거장에 아무리 많은 사람이 들끓어도 쥐 한마리 빠져 나갈 수 없이 거미줄이 쳐지게 되었습니다.

3, 4, 5시가 지나도록 아무런 변동이 없었으나 차차 7시가 가

까워 오는지라 모든 사람의 가슴은 새삼스럽게 두근거리기 시작하면서 눈은 더욱 더욱 빛나갔습니다. 그때 별안간 정거장 한 귀퉁이에서, "호르륵!" 하고, 귀를 찌르는 호각 소리가 들려왔습니다.

"어딘가, 어딘가!" 하고, 일동은 호각 소리가 난 곳을 뛰어갔습니다. 맞닥뜨려 싸울 때가 온 것이었습니다.

때는 5시 15분!

*

5시 15분!

점점 복잡해 가는 정거장 한구석에서 별안간 호각 소리가 일어나자, 모퉁이 모퉁이에 지키고 있던 학생들이 일제히 어딘가 하고 달려들어 본즉, 곳은 3등 대합실 옆이고 호각을 본 사람은 창호였습니다.

'순희를 데리고 도망하던 청국 놈들이 발견되었나 보구나!' 생각하고 달려든 일동은, "어디있니? 그 놈이 어디 있어." 하고, 숨찬 소리로 급급히 물었습니다. 그러나 모자를 푹 눌러 쓰고 몸을 움츠리고 두 눈만 무섭게 동그랗게 뜨고 숨어 있는 창호는, "쉬!" 하고, 말리고 나서 다시 작은 소리로, "저기 저 짐을 부치는 곳에 세 청국 놈이 있지? 저 놈들이에요. 순희를 가두고 또 나를 가두던 놈이에요!"

보니까 과연 짐 부치는 곳에 보기도 흉악하게 생긴 청국 놈

셋이서 짐을 부치노라고 황황히 떠들고 있었습니다.

"저 무지렁이 같은 놈들이 우리 순희를 도둑질해 갔구나." 하고, 생각할 때에 학생들의 손은 주먹이 쥐어지고 가슴은 울뚝거렸습니다. "저까짓 놈들 당장에 잡아 낚자구나!" 하며, 우루루 달려가려 하였습니다. 창호와 최 선생님은 깜짝 놀라 그것을 말리면서, "아직 미리 달려들어서는 안 된다. 저놈들이 순희를 왜 감춰 가지고 가는지 그걸 알아야지. 미리 지금부터 달려들기만 하면 정말 순희는 못 찾게 될것 아니야?" 하였습니다.

그러나 웬일인지 그의 일행은 단 세 사람뿐이고, 순희나 누구나 데리고 가는 모양은 조금도 보이지 않았습니다.

어쩐 일일까, 어쩐 일일까 하고 의심스러운 눈초리를 굴릴 때 말은 하지 아니하나 다 각기, '혹시 저 짐 속에 넣지 않았을까?' 하는 생각이 한결같이 생겼습니다. 그래 여러 사람의 주목은 자연 그놈들의 두 개의 짐짝으로 쏠리데 되었습니다. 그리고 그 속에 혹시라도 가여운 순희가 들어 있으면 어쩌나 싶어서 자기네가 갇혀 있는 것처럼 숨이 갑갑해지는 것 같았습니다.

"우리가 달려들어서 저놈들의 짐짝을 빼앗아 풀어 보면 그만이지요. 저깟 놈들 두들겨 죽이면 어때요."

학생들의 주먹은 부르르 떨렸습니다. 그런 소리를 들을 때에도 이를 악물고 서 있는 창호의 눈에는 눈물이 흥건하였습니다.

"싸울 때가 되면 굳세게 싸워야지. 그러나 나는 저 짐 속에 순희를 넣었으리라는 생각지 않는다."

최 선생님은 이렇게 급한 때에도 침착하신 어조로, 그러나 힘

있게 말씀하셨습니다. 그리고 다시, "손으로 들고 가는 짐이면 모르거니와 짐으로 부쳐서 곳간차에 싣고 갈 것인데, 거기다 넣었을 리가 없을 것 같다." 하셨습니다.

딴은 그럴 듯하였습니다. 그래서 짐짝에는 단념하고, 다시 아까처럼 구석구석에 갈라서서 저들 세 놈의 거동과 그리고 새로 오는 놈들을 지키기로 하였습니다.

*

5시 23분!

청국 놈들은 마침 가지고 있던 짐짝을 화물에 맡기고 돌아설 때에 이편의 학생 한 사람이 무엇을 보았는지 화살같이 날쌔게 복잡한 군중의 틈을 비집고 대합실 옆 창호에게로 뛰어와서, "큰일 났네, 크 큰일 났어!" 하였습니다.

"응, 무슨 일인가?"

무슨 일인지 몰라 창호도 가슴이 성큼하였습니다.

"봉천으로 간댔지? 봉천이 다 무언가? 우리가 속았네. 저놈들은 지금 인천으로 가는 모양 일세."

아주 뜻밖의 말이었습니다. 그래 창호가, "인천이 무엇인가? 내가 분명히 봉천으로 간다는 전보용지를 보았는데……."

"아니야. 내가 지금 일부러 가까이 가서 그 짐짝을 보았더니, 인천행이라는 전표가 달려고 또 저놈들이 가지고 있는 차표도 인천표인데."

"그럼 큰일났네, 속았네." 하고, 창호는 얼굴이 파래져서 급급히 호각을 불어 동무들을 모았습니다.

5시 40분에 인천행 차가 떠날 시간이 가까워오므로 정거장 안은 북적북적하는데, 창호는 두근거리는 가슴을 억지로 참으면서 선생님과 아버지와 외삼촌과 동무들과 어찌해야 좋을지를 의논하였습니다. 북쪽으로 가는 전보용지까지는 보았건마는, 어제 그놈 중의 세 놈이 이상한 짐짝을 두 개나 가지고 인천으로 떠나니, 순희를 데리고 중국으로 도망하려면 물론 봉천으로 가지마는 인천으로 가서 배를 타고 가기도 흔한 일이라 어느 쪽을 믿어야 할지 작정할 수가 없었습니다.

인천 차는 이제 곧 떠날 것이요, 봉천 차도 얼마 후면 떠날 것이니. 인천으로 쫓아갔다가 봉천으로 가는 것을 놓칠 수도 없고, 그렇다고 이제 인천으로 떠나는 길도 안 쫓아갈 수도 없었습니다.

"나누지요, 두 패로 나눠서 두곳을 다 쫓아가기로 하지요."

의논 중에 벌써 역부는 큰 소리로, "인천 가실 이 진셍 호멘……." 하고, 외치기 시작하였습니다. 일동은 "어서 어서 차표를 먼저 사지요. 까딱하다가는 놓칩니다." 허둥허둥하면서, 인천으로 쫓아갈 사람을 정하는 동안에 차표 다섯 장을 사오게 하였습니다.

인천 가는 세 놈은 이미 얼굴을 알아 놓았으니 아무나 쫓아가도 관계치 않고, 창호는 경성에 있어야 봉천으로 가는 차를 조사하겠으므로, 인천에는 최 선생님과 외삼촌 학생 세 명, 도합 다섯이 가기로 하고 급급히 쫓아 들어가서 놈들이 탄 차에 모르는 체하고 올라탔습니다.

그 동안에라도 여기서 급한 일이 있을 때는 인천 ○○일보 자국 내 최진환선생께로 전보를 치고, 인천에서 급할 때는 경성역 정거장 삼등 대합실 안, 김창호에게로 전보를 칠 것까지 주도히 약속이 되어 있었습니다.

*

다섯 사람의 불같은 눈이 저희들의 일거 일동을 지키고 있건마는 놈들이 그것을 아는지 모르는지, 도망하는 패 쫓기는 패를 한 차 싣고 기차는 무사히 인천 정거장에 닿았습니다.

저녁 바닷바람은 두루마기를 벗겨 갈 것 같이 들이불어오는데, 청놈 네 놈(마중 나온 놈)은 정거장에서 찾아내 온 짐짝 두 개를 어깨에 메고 느리디 느린 걸음으로 거리를 걸어가고, 그 뒤 또 그 뒤에는 다섯 사람이 띄엄띄엄 떨어져 말없이 뒤를 밟아갔습니다. 쓸쓸하게 넓기만 하고 신작로같이 훤출한 바닷가의 거리를 지나 우중충하고 냄새나는 언덕길로 휘어드니 묻지 않아도 인천서 유명한 청국 놈 거리였습니다.

대낮에도 문과 들창을 걸어 잠그는 괴상한 거리가 저녁때 불 켤 때가 되니까, 더한층 우중충하고 음침하여 마귀의 나라에라도 들어가는 것 같았습니다.

눈치를 챈 것 같이 놈들이 흘금흘금 뒤를 돌아다볼 때마다 가슴이 선뜻선뜻하건마는, 그래도 꾸준히 뒤를 따라 끝까지 가노라니, 놈들은 그 거리도 다 지나서 맨 끝 산모퉁이가 맞닿은 곳에 조그마한 창고 같은 단층 벽돌집으로 들어가고 말았습니다. 그 집은 아주 아편쟁이나 노름꾼이나 도둑놈 같은 떼들이 옹기종기 모여 엎드려 있는 듯싶어 보이는 집이었습니다.

이제 소굴을 알아 놓았으나, 학생 한 사람은 곧 신문지국으로 전보가 오거든 받아 달라는 부탁을 하러 보내고, 네 사람은 슬금슬금 그 집 뒤로 돌아 나무숲에 몸을 가리고서서 집 속의 동정을 살피느라 숨을 죽이고 있었습니다.

차차 어두워 가는 밤, 캄캄한 집 속에서 가끔 사람의 소리가 들리기는 하나, 도무지 알아듣지 못한 청국말 소리뿐이었습니다. '암만해도 북쪽으로 도망하는 것을 공연히 여기고 쫓아왔지……' 하고, 후회하는 생각이 나기 시작하였습니다.

그러나 그때 별안간에 참말 별안간에 네 사람의 귀를 찢는 듯이 들려온 어린이의 외마디 울음소리! 네 사람은 저기에 찔린 사람같이 한동안 멀건하였습니다.

"분명히 울음 소리였지?"

"우리나라말 소리였나, 청국말 소리였나?"

"글쎄요. 별안간에들어서 몰랐는걸요."

수군수군할 때에 또 다시, "아야야!" 하고, 악착스럽게 울음소리가 들리더니, 뒤이어 엉엉 소리가 나며 흑흑 느껴우는 소리가 들렸습니다. 네 사람의 가슴은 뛰놀았습니다. 그리고 온몸이 부르르 떨리었습니다. 분명히 '아야야!' 한 것은 우리나라 소녀였습니다.

"순희다! 분명히 순희다!"

"어서 빨리 가서 서울 정거장에 창호에게 순희가 여기 있다고 전보를 쳐라."

학생 한 사람은 가만가만 소리없이 기어서 급히 우편국을 향하여 달려가고, 나머지 세 사람이 여차하면 달려 들아갈 차비를 차리고 있었습니다. 이제라도 곧 뛰어 들어갈 형세로 몸을 가뜬히 하고 있으나, 가슴은 세 사람이 똑같이 두방망이질을 치고 있었습니다. 그러나 또 다시, "아야야, 아야야!" 소리가 연거푸 나면서 불쌍한 순희가 당장에 맞아죽는 것 같은 울음소리가 들릴 때, 최 선생님과 삼촌과 학생 한 사람은 참지 못하고 와락 뛰어나가려하였습니다. 그러나 그때 그보다 먼저 세 사람의 뒤에서 무서운 소리를 지르면서 와락와락 달려드는 것이 있었습니다.

*

인천 바닷가 산언덕의 어두운 밤!

순희인 듯싶은 소녀의 울음소리를 듣고 뛰어 들어가려는 최 선생과 외삼촌과 학생의 세 사람에게 먼저 달려든 놈은 낌새를 채고 몰래 뒤로 돌아온 흉악한 청국 놈들이었습니다.

마귀 같은 놈들이 쇠뭉치 같은 팔로 뒤에서 꼭 껴안고 달려들었으니, 세사람도 꼼짝없이 붙들리게 되었으나, 그런 불쌍한 소녀의 울며 부르짖는 소리를 들은 그들도 전신의 피가 끓어오르는 판이었습니다. 죽으면 죽었지 어쩐들 질 수가 있겠습니까?

"에잇"

소리치면서 뒤로 덤빈 놈의 팔을 낚아 앞으로 넘겨 치고 불끈 솟으며, "덤벼라!" 소리를 치는 사람은 운동으로 몸을 단련한 우리 최 선생이었습니다.

　나는 새같이 몸을 빼쳤다가 번개같이 다시 달려들면서 풋볼 차던 발길로 불두덩을 차면서 주먹으로 코와 눈을 얼러 때리는 사람은 운동 선수인 학생이었습니다. 눈이 캄캄하여 뒤로 몇 걸음 물러서다가, 다시 호랑이 발톱 같은 두 손을 벌리고 덤벼든 청국 놈은 학생의 가늘은 목을 한 줌에 움켜쥐려 들었습니다.

　그러나 "아차!" 할 틈에 어느 틈에 몸을 빼친 학생은 다시 한번 아랫배를 퍽 들이지르자, 뒤로 비틀비틀 하는 놈을 발로 딴 쪽을 걸어 잡아당기면서 두 주먹으로 가슴을 질러 그냥 깔고 엎드러졌습니다. 엎치락뒤치락 위로 가고 아래로 가고 한참이나 끼고 뒹굴더니, 청국 놈은 학생의 목을 휘어잡고 학생은 그놈의 멱줄띠를 잡고, 한 손으로 그놈의 얼굴을 들이지르고 있었습니다.

　그때 최 선생은 벌써 한 놈을 깔아 누이고 한 발로 그놈의 목을 짓밟고 서서 보니까, 저 쪽 컴컴한 나무 밑에서 끼룩끼룩 신음하는 소리가 나는데, 흰옷 입은 이가 밑에 눌린 것을 보니 창호의 외삼촌이 청국 놈에게 죽게 된 모양이리라, "음!" 소리를 지르면서 맹호와 같이 뛰어가서 외삼촌을 깔고 앉은 청국 놈을 끌어 당겼습니다. 어떻게 몹시 맞았는지 창호의 외삼촌은 일어나지도 못하고 그냥 끼득끼득 신음하고 있었습니다.

　외삼촌에게서 최 선생에게로 옮겨 붙은 청국 놈은 힘이 세었습니다. 서로 맞붙들고 차고 때리고 밀고 끌고 한참이나 겨루다가 별안간, "엥!" 하는, 소리가 나더니 그놈을 안고 넘어진 최 선생이 드러누운 채로 청국 놈을 저 밖으로 차던지고, 후다닥 번개같이 날아서 자빠진 청국 놈의 배 위에 올라앉았습니다.

아아! 그러나 수효가 부족하였습니다. 형세가 위태한 것을 보고 집을 지키고 있던 두 놈까지 몽둥이와 식칼을 들고 나오더니 먼저 학생의 어깨를 두들겼습니다. 그것을 보고 거의 눈 뒤집힌 최 선생이, "에랏!" 하고, 달려들어 그놈의 몽둥이를 빼앗았으나, 바로 그때 칼을 든 놈이 최선생의 가슴을 겨냥하고 들이덤비었습니다.

"악!"

소리가 나자 칼을 막으려던 최 선생의 왼팔이 시퍼런 칼에 푹 찔렸습니다. 아아, 불행! 절망! 세 사람도 기어코 잡히는 몸이 되고 말았습니다.

*

맞고 채고 찔리고 송장같이 늘어진 세 사람이 굴속 같은 벽돌집으로 끌려들어간 후에, 그 동안에 그렇게 무서운 전쟁이 있었던 줄은 모르고, 우편국에 갔던 학생과 신문 지국에 갔던 학생이 길에서 만나서 함께 돌아왔습니다. 숨소리도 안 내고 쥐를 노리는 고양이 걸음처럼 사뿐사뿐 기어 걸어서 집 뒤 나무숲에 와 보니까,

"아! 아무도 없다!"

"웬일인가?"

벌써 가슴이 뛰노는 것을 억지로 참으면서 귀를 기울이니까, 그때 집 속에서 여러 사람이 끼룩끼룩 앓는 소리, 이놈 저놈하고 부르짖는 소리가 들리었습니다.

"모두 붙잡혔구나!"

두 사람이 똑같이 생각할 때 가슴이 덜컥하였습니다. 그래 두 학생은 나무 숲 저 뒤로 깊숙이 물러서서 속살속살 공론을 하였습니다.

"큰일 났으니, 네가 여기서 망을 보고 있거라. 내가 서울 창호에게 또 전보 놓고 신문 지국에 가서 기다리고 있다가, 서울패가 오거든 데리고 올 것이니……."

"그래. 여기는 내가 지킬 터이니 얼른 갔다 오너라. 올 때에는 경찰서도 들려 오너라."

"오냐, 잘 지키고 있거라."

한 사람이 족제비같이 달음질하여 가고 한 사람만 남아서 무서운 줄도 모르고 나무숲에서 별 같은 눈을 뜨고 마귀 같은 그 집의 동정을 살피로 있었습니다.

무서운 밤이 차차로 깊어가는데, 어느 틈엔지 둥근 달이 꽤 높이 솟았습니다. 한참이나 아무 일이 없더니, 8시 6분! 그때 난데없는 자동차 한 대가 조용히 굴러 오더니 '뚜루루루' 마귀의 집 앞에 와서 우뚝 서자, 안에서 청국 놈들이 다섯 놈이 나와서 사방을 휘휘 둘러보더니 커다란 보퉁이를 받쳐 들고 올라탔습니다. 그 집에 있기가 위태한 것을 알고 놈들이 소녀를 데리고 넌지시 도망을 가는 것이었습니다.

"큰일 났구나! 아주 놓치는구나!"

나무숲에서 샛별 같은 눈을 굴리면서 한 걸음 한 걸음 가까이 나오던 학생은 자동차가 뚜루루루 굴러 나갈 때, "에라, 나 혼자라도 쫓아가자." 하고, 화닥닥 뛰어서 푸른 연기를 뿜고 달아나는 차 뒤에 다람쥐같이 매달렸습니다.

달 밝은 밤, 바닷가의 행인 없는 신작로도 자동차는 총알같이 달음질쳤습니다. 시가를 꿰뚫고 신작로 고개를 지나 철로 둑을 넘어서 초가집 많은 동네로 들어가더니, 목욕탕 같은 높은 굴뚝이 있는 뒷집 역시 야트막한 벽돌집 앞에 우뚝 서자, 놈들은 수군수군하며 내려서 그 집으로 기어 들어가 버렸습니다.

들킬까 겁나서 숨을 죽이고 차 뒤에 매달렸던 학생은 놈들이 다 들어간 후에 잠깐 내려서, 자동차 운수도 모르게 그 집 모양을 똑똑히 둘러보고 다시 돌아오는 차에 매달렸습니다. 점점 밝아가는 달밤에 자동차는 오던 길을 그대로 돌아 달아나는데, 학생은 청국 놈 시가 근처에서 휘딱 뛰어내렸습니다. 그러나 차가 하도 속히 가는 바람에 떨어져서도 한참이나 데굴데굴 굴러갔습니다.

얼떨떨한 정신을 한참이나 후에 수습해가지고 부스스 일어나서, "에에, 엔간히 아프군!" 하면서 아픈 어깨와 궁둥이를 주무를 때, 그때! 저쪽 길에서 화살같이 달려오는 자동차 한대! 학생의 옆에까지 오더니, 차 속에서 소리를 버럭 지르며, 차가 우뚝 섰습니다. 학생은, "어!" 하고, 미친 사람처럼 소리쳤습니다.

아아, 화살같이 달려온 그 자동차에는 창호와 동무 학생들이 가득 타고 있지 아니합니까? 반갑다는 말도 못하고 놀랍다는 말도 못하고 또 한 번 두 손을 들고 '어!' 하고 소리쳤습니다.

창호와 그 일행은 경성역에서 8시 5분전에 전보를 받고 8시 35분 차를 기다릴 새 없어서 자동차를 빌려 타고 한숨에 인천까지 달려와서, ○○신문지국에 들려서 거기서 기다리고 있던 학생의 안내로 지금 달려드는 판이었습니다.

"어서 올라타게, 어서 가세. 선생님도 붙들려 갔다니?"

"응, 그런데, 또 큰일 났네. 그 동안에 그놈들이 자동차에 순희를 태워 가지고 딴 곳으로 도망을 하······."

헐떡헐떡하는 말이 채 그치기도 전에, "어디로? 어디로?" 하고, 재차 물었습니다.

"큰일이 났네 그려, 놓쳤으면······."

"아니, 내가 그 자동차에 달려서 거기까지 쫓아갔단 온 길이야!"

듣고 있던 일동은 춤을 출 듯이 기뻐하면서, "응, 그럼 선생님들은 나중에 구원해도······, 그놈들은 또 다른 데로 도망하기 전에 그리로 먼저 가세."

학생이 궁둥이 아픈 것도 잊어버리고 휘딱 올라타자 자동차는 지시하는 신작로로 총알같이 닫기 시작하였습니다. 자동차에는 열매 열리듯 옹기종기 매달려 탄 일행이 창호와 창호의 아버지와 학생까지 총11명, 흥분된 기운이 하늘이라도 찌를 것처럼 뻗쳐났습니다.

아까처럼 시가를 꿰뚫고 고개를 지나 철로 둑을 넘어 초가집 동네의 굴뚝집 뒤에 이르러, 와르르 내리는 길로 가지고 온 아령 방망이들을 들고 벽돌집 대문을 두드리니, 벌써 청국 놈들은 손에 손에 몽둥이를 들고 뛰어나왔습니다.

"오냐, 덤벼라"

좁은 문으로 나오는 놈마다 방망이로 두들겨대니, 놈들도 얼떨떨하여 한풀 꺾이고 덤비었습니다.

접전! 대접전! 차고 때리고 깔고 안고 머리가 깨지고 쓰러지고 부르짖고……. 달밤의 싸움이 피 속에 엉클어졌습니다. 그때! 창호는 약삭빠르게 자동차 운전수에게 자동차를 가지고 골목 밖에서 기다리라고 이르고 제비같이 날아서 벽돌집 뒤로 돌아 뒷밭으로 뚫린 유리창을 깨뜨리고 뛰어 들어갔습니다.

모두 싸움하러 대문 밖에서 나간 틈이라 집 속은 텅 빈 것 같았습니다. 어둠침침한 집 속에 방은 어찌 그리 많은지 갈피를 찾기 어려운지라 여기저기 허둥지둥 들여다보며,

"순희야, 순희야!"

소리를 질러 자꾸 불렀습니다.

"예, 여기 있……."

두근거리는 가슴에 언뜻 듣고 모기 소리같이 나는 방으로 문을 차고 뛰어 들어가니까, 아아, 거기는 광 속 같은 거기에 두 발 두 손을 묶인 순희가 쓰러져 있었습니다. 무섭고 겁나는 중에도 오랜간만에 순희를 보는 창호의 눈에는 눈물이 글썽하였습니다.

오오, 아무 소리도 못하고 와락 달려들어 순희의 손발 묶인 것을 풀어 주는 때, 아차 큰일 났습니다. 어디서 낌새를 챘었는지

급히 뛰어 들어오는 무서운 청국 놈!

창호는 벌떡 일어서서, 방문 뒤에 숨어 있었습니다. 그때 방 안으로 들어온 청국 놈이 순희를 잡아 안으려 할 때 창호는 약삭빠르게 그 옆에 있는 도끼를 번쩍 들어, "엥!" 하고, 놈의 머리를 기운을 다하여 후려 때렸습니다.

"끽!"

외마다 소리와 함께 쓰러지는 청국 놈을 본 체 만 체하고 순희의 묶인 것을 마저 끊어 가지고, 급급히 참말 급급히 다시 뒤 들창을 넘어 나왔습니다.

청국놈 여덟 놈, 이편이 열 사람 아직 피투성이가 되어 싸움이 한창인 틈을 타서, 순희를 데리고 창호는 밭고랑으로 엎드려 기어서 골목 밖에 나와 기다리고 있던 차에 올라 앉아 차가 달아나기 시작한 후에야 이제야 숨을 휘 둘러 쉬었습니다.

자동차는 총알 총알 총알같이 달려서 인천의 자동차부에 가서 알아 가지고, 즉시 ○○정(동)에 있는 소년 회관으로 달려갔습니다. 마침 그곳 소년회에서는 그 밤에 동화회가 있어 소년 회원들은 물론이고, 그 외에도 300여 명 소년이 모여 있었습니다.

창호의 급급한 이야기를 듣자마자 동화회는 중지되고, 소년회 간부와 회원 중의 큰 사람 20여 명이 죽 나섰습니다. 한 패는 창호가 타고 온 차로, 또한 패는 새로 부른 자동차로 구원의 길을 떠났습니다. 구원병인 소년대와 합하여 30여명 조선 학생의 손에 9명의 중국 놈은 차곡차곡 묶이었습니다. 그리고 소년 회원의 전화를 받고 인천 경찰서에서는 자동차 두 대로 청국 놈들을 담으러 갔습니다. 그런데 놀랍고 반가운 일은 소년 회원들이 굴뚝집 뒤의 벽돌집을 수색한 결과, 순희처럼 잡혀 와서 갇혀 있던 다른 소녀(9살 한 사람, 11살 한 사람) 두 사람까지 찾아내 온 것이었습니다.

*

달 밝은 밤이었습니다. 무섭게 시꺼멓던 구름이 활짝 벗겨지고 평화한 둥근 둥근 달이 시원하게 아름답게 빛나는 밤이었습니다.

10시 40분! 인천 정거장을 떠나는 경성행 막차에는 창호와 순희와 피묻고 갈갈이 찢긴 옷에 머리를 싸맨 최 선생과 외삼촌 이하 여러 학생들이 아픈 것도 잊어버리고 기쁨을 참지 못하여 벙글벙글 웃고 있었습니다. 이들이 경성역에 내릴 제, 그 할머니, 어머니와 친척들이 얼마나 즐거워할는지, 그것은 여러분의 짐작에 맡겨두기로 하고 이 차가 경성역에 닿아서 가족과 친척들이 순희를 껴안고 춤추게 될 시간은 11시 40분인 것만 말씀해두지요.

기차가 '뛰' 소리를 지르고 천천히 인천 정거장을 떠나기 시작할 때 정거장 밖에는 300여 명 소년 회원이 기쁨을 다하여 만세를 부르면서 천천히 떠났습니다. 끊어지지 않는 기쁨의 만세 소리! 둥근 달이 낮같이 밝았습니다.

방정환

일제강점기 어린이의 날을 제정하고, 아동잡지 『어린이』를 창간한 아동문학가로, 3·1운동시 독립선언문을 배포하다 일경에 체포되어 고문을 받았다. 1920년 일본 도요대학 철학과에 입학하여 아동예술과 아동심리학을 연구하였으며, 1921년 천도교소년회를 조직하여 본격적으로 소년운동을 전개했다. 1922년 5월 1일 처음으로 '어린이의 날'을 제정하고, 1923년에는 최초의 아동잡지 『어린이』를 창간하였다.

방정환 장편문학, 1318 청소년문고 32

발행일 . 2024년 2월 20일
지은이 . 방정환
펴낸이 . 정석환 **펴낸곳** . 정씨책방
주소 . 경기도 파주시 경의로 1114, 406호
전화 . 070-8616-9767 **팩스** . 031-696-6933
이메일 . jungcbooks@naver.com
ISBN . 979-11-91467-32-1 (03810) **정가** . 14,800 원

'미니책방'은 정씨책방의 청소년 출판 브랜드 입니다.

미니책방, 1318 청소년문고 도서 목록

20세기 세계 문학을 대표하는 작가들의 작품들을 엄선한 「1318 청소년문고」는 문학의 고전을 살아 있는 동시대의 문학으로 청소년들이 읽을 수 있도록 구성한 시리즈이다. 청소년들이 꼭 읽어야 할 대표 작가들의 주요 작품을 고전부터 근/현대 작품에 이르기까지 유명 대표 작가들의 다양한 작품을 만날 수 있다.

1. **이효석 단편문학** / 이효석 / 자연과 인간의 내면을 섬세하게 그려낸 작가
2. **방정환 단편문학** / 방정환 / 대한민국 아동문학 대표 작가
3. **노천명 단편문학** / 노천명 / 사슴의 시인, 소박하면서 섬세한 정감
4. **나도향 단편문학** / 나도향 / 백조파 특유의 감상적이고 환상적인 작품
5. **김동인 단편문학** / 김동인 / 현대적 문체로 풀어낸 한국 근대문학의 선구자
6. **윤동주 시집** / 윤동주 / 하늘과 바람과 별과 시
7. **김소월 시집** / 김소월 / 진달래꽃, 한국 현대시인의 대명사
8. **타임머신** / 허버트 조지 웰스 / 공상 과학소설의 고전
9. **목요일이었던 남자** / 길버트 키스 체스터턴 / 거칠고, 정신없는 유쾌하고도 깊은 감동이야기
10. **투명인간** / 허버트 조지 웰스 / 얼굴 가린 두툼한 붕대, 그는 왜 변장하고 있는 걸까?
11. **이상한 나라의 앨리스** / 루이스 캐럴 / 앨리스의 이상하고 환상적 모험
12. **오페라의 유령** / 가스통 르루 / 오페라 하우스의 5번 박스석과 지하세계
13. **모로 박사의 섬** / 허버트 조지 웰스 / 그렇게 희망과 고독 속에서 내 얘기를 마친다
14. **80일간의 세계 일주** / 쥘 베른 / 80일간 세계 일주, 행복을 얻다
15. **구운몽** / 김만중 / 인생의 부귀공명은 일장춘몽이다
16. **홍길동전** / 허균 / 우리나라 최초의 국문 소설
17. **미국 단편 동화집** / 라이먼 프랭크 바움 / 일상생활에서 만나는 마법
18. **사씨남정기** / 김만중 / 조선 사회의 모순과 실상, 권선징악

19. **백범일지** / 김구 / 독립운동가 김구가 쓴 자서전

20. **현진건 단편문학** / 현진건 / 객관적 현실 묘사, 사실주의자 작가

21. **님의 침묵** / 한용운 / 독립운동가 한용운의 서정시

22. **금오신화** / 김시습 / 한국 최초의 한문소설

23. **일본 단편 동화집** / 예이 테오도라 오자키 / 재밌고 흥미로운 이야기 소망

24. **39계단** / 존 버컨 / 스파이 스릴러의 모험소설

25. **무정** / 이광수 / 자유연애로 대표되는 장편소설

26. **김유정 단편문학** / 김유정 / 한국의 영원한 청년작가

27. **네덜란드 단편 동화집** / 윌리엄 엘리엇 그리피스 / 탄탄한 이야기 구조를 가진 흥미로운 동화

28. **주홍색 연구** / 아서 코난 도일 / 홈즈와 왓슨의 만남과 살인 사건

29. **상록수** / 심훈 / 농촌계몽운동의 대표 소설

30. **강경애 단편문학** / 강경애 / 사회의식을 강조한 여성 작가

31. **계용묵 단편문학** / 계용묵 / 인간이 가지는 선량함과 순수성

32. **방정환 장편문학** / 방정환 / 흥미진진한 어린이 탐정소설